U0937129

壹本 ONE BOOK

精读

济南的冬天

老舍 著

目录

散文

小说

戏剧

散 文

生活是种律动，须有光有影，有左有右，有晴有雨；滋味就含在这变而不猛的曲折里。

济南的秋天

——一些印象之四

济南的秋天是诗境的。设若你的幻想中有个中古的老城，有睡着了的大城楼，有狭窄的古石路，有宽厚的石城墙，环城流着一道清溪，倒映着山影，岸上蹲着红袍绿裤的小妞儿。你的幻想中要是这么个境界，那便是个济南。设若你幻想不出——许多人是不会幻想的——请到济南来看看吧。

请你在秋天来。那城，那河，那古路，那山影，是终年给你预备着的。可是，加上济南的秋色，济南由古朴的画境转入静美的诗境中了。这个诗意秋光秋色是济南独有的。上帝把夏天的艺术赐给瑞士，把春天的赐给西湖，秋和冬的全赐给了济南。秋和冬是不好分开的，秋睡熟了一点便是冬，上帝不愿意把它忽然唤醒，所以作个整人情，连秋带冬全给了济南。

诗的境界中必须有山有水。那么，请看济南吧。那颜色不同，方向不同，高矮不同的山，在秋色中便越发的不同了。以颜色说吧，山腰中的松树是青黑的，加上秋阳的斜射，那片青黑便多出些比灰色深，比黑色浅的颜色，把旁边的黄草盖成一层灰中透黄的阴影。山脚是镶着各色条子的，一层层的，有的黄，有的灰，有的绿，有的似乎是藕荷色儿。山顶上的色儿也随着太阳的转移而不同。山顶的颜色不同还不重要，山腰中的颜色不同才真叫人想作几句诗。山腰中的颜色是永远在那儿变动，特别是在秋天，那阳光能够忽然清凉一会儿，忽然又温暖一会儿，这个变动并不激烈，可是山上的颜色觉得出这个变化，而立刻随着变换。忽然黄色更真了一些，忽然又暗了一些，忽然像有层看不见的薄雾在那儿流动，忽然像有股细风替“自然”调和着彩色，轻轻的抹上一层各色俱全而全是淡美的色道儿。有这样的山，再配上那蓝的天，晴暖的阳光；蓝得像要由蓝变绿了，可又没完全绿了；晴暖得要发燥了，可是有点凉风，正像诗一样的温柔；这便是济南的秋。况且因为颜色的不同，那山的高低也更显然了。高的更高了些，低的更低了些，山的棱角曲线在晴空中更真了，更分明了，更瘦硬了。看山顶上那个塔！

再看水。以量说，以质说，以形式说，哪儿的水能比济南？有泉——到处是泉——有河，有湖，这是由形式上分。不管是泉是河是湖，全是那么清，全是那么甜，哎呀，济南是“自然”的Sweet Heart吧？大明湖夏日的莲花，城河的绿柳，自然是美好的了。可是看水，是要看秋水的。济南有秋山，又有秋水，这个秋才算个秋，因为秋神是在济南住家的。先不用说别的，只说水中的绿藻吧。那份儿绿色，除了上帝心中的绿色，恐怕没有别的东西能比拟的。这种鲜绿全借着水的清澄显露出来，好像美人借着镜子鉴赏自己的美。是的，这些绿藻是自己享受那水的甜美呢，不是为谁看的。它们知道它们那点绿的心事，它们终年在那儿吻着水皮，做着绿色的香梦。淘气的鸭子，用黄金的脚掌碰它们一两下。浣女的影儿，吻它们的绿叶一两下。只有这个，是它们的香甜的烦恼。羡慕死诗人呀！

在秋天，水和蓝天一样的清凉。天上微微有些白云，水上微微有些波皱。天水之间，全是清明，温暖的空气，带着一点桂花的香味。山影儿也更真了。秋山秋水虚幻的吻着。山儿不动，水儿微响。那中古的老城，带着这片秋色秋声，是济南，是诗。

要知济南的冬日如何，且听下回分解。

济南的冬天

——一些印象之五

上次说了济南的秋天，这回该说冬天。

对于一个在北平住惯的人，像我，冬天要是不刮大风，便是奇迹；济南的冬天是没有风声的。对于一个刚由伦敦回来的，像我，冬天要能看得见日光，便是怪事；济南的冬天是响晴的。自然，在热带的地方，日光是永远那么毒，响亮的天气反有点叫人害怕。可是，在北中国的冬天，而能有温晴的天气，济南真得算个宝地。

设若单单是有阳光，那也算不了出奇。请闭上眼想：一个老城，有山有水，全在蓝天下很暖和安适的睡着；只等春风来把他们唤醒，这是不是个理想的境界？

小山整把济南围了个圈儿，只有北边缺着点口儿，这一圈小山在冬天特别可爱，好像是把济南放在一个小摇篮里，它们全安静不动的低声的说：你们放心吧，这儿准保暖和。真的，济南的人们在冬天是面上含笑的。他们一看那些小山，心中便觉得有了着落，有了依靠。他们由天上看到山上，便不觉的想起：明天也许就是春天了吧？这样的温暖，今天夜里山草也许就绿起来吧？就是这点幻想不能一时实现，他们也并不着急，因为有这样慈善的冬天，干啥还希望别的呢。

最妙的是下点小雪呀。看吧，山上的矮松越发的青黑，树尖上顶着一髻儿白花，像些小日本看护妇。山尖全白了，给蓝天镶上一道银边。山坡上有的地方雪厚点，有的地方草色还露着，这样，一道儿白，一道儿暗黄，给山们穿上一件带水纹的花衣；看着看着，这件花衣好像被风儿吹动，叫你希望看见一点更美的山的肌肤。等到快日落的时候，微黄的阳光斜射在山腰上，那点薄雪好像忽然害了羞，微微露出点粉色。就是下小雪吧，济南是受不住大雪的，那些小山太秀气。

古老的济南，城内那么狭窄，城外又那么宽敞，山坡上卧着些小村庄，小村庄的房顶上卧着点雪，对，这是张小水墨画，或者是唐代的名手画的吧。

那水呢，不但不结冰，反倒在绿藻上冒着点热气。水藻真绿，把终年贮蓄的绿色全拿出来了。天儿越晴，水藻越绿，就凭这些绿的精神，水也不忍得冻上；况且那长枝的垂柳还要在水里照个影儿呢。看吧，由澄清的河水慢慢往上看吧，空中，半空中，天上，自上而下全是那么清亮，那么蓝汪汪的，整个的是块空灵的蓝水晶。这块水晶里，包着红屋顶，黄草山，像地毯上的小团花的小灰色树影；这就是冬天的济南。

树虽然没有叶儿，鸟儿可并不偷懒，看在日光下张着翅叫的百灵们。山东人是百灵鸟的崇拜者，济南是百灵的国。家家处处听得到它们的歌唱；自然，小黄鸟儿也不少，而且在百灵国内也很努力的唱。还有山喜鹊呢，成群的在树上啼，扯着浅蓝的尾巴飞。树上虽没有叶，有这些羽翎装饰着，也倒有点像西洋美女。坐在河岸上，看着它们在空中飞，听着溪水活活的流，要睡了，这是有催眠力的；不信你就试试；睡吧，决冻不着你。

要知后事如何，我自己也不知道。

趵突泉的欣赏

千佛山、大明湖和趵突泉，是济南的三大名胜。现在单讲趵突泉。

在西门外的桥上，便看见一溪活水，清浅，鲜洁，由南向北的流着。这就是由趵突泉流出来的。设若没有这泉，济南定会丢失了一半的美。但是泉的所在地并不是我们理想中的一个美景。这又是个中国人的征服自然的办法，那就是说，凡是自然的恩赐交到中国人手里就会把它弄得丑陋不堪。这块地方已经成了个市场。南门外是一片喊声，几阵臭气，从卖大碗面条与肉包子的棚子里出来。进了门有个小院，差不多是四方的。这里，“一毛钱四块！”和“两毛钱一双！”的喊声，与外面的“吃来”联成一片。一座假山，奇丑；穿过山洞，接联不断的棚子与地摊，东洋布，东洋磁，东洋玩具，东洋……加劲的表示着中国人怎样热烈的“不”抵制劣货。这里很不易走过去，乡下人一群跟着一群的来，把路塞住。他们没有例外的全买一件东西还三次价，走开又回来摸索四五次。小脚妇女更了不得，你往左躲，她往左扭；你往右躲，她往右扭，反正不许你痛快的过去。

到了池边，北岸上一座神殿，南西东三面全是唱鼓书的茶棚，唱的多半是梨花大鼓，一声“哟”要拉长几分钟，猛听颇像产科医院的病室。除了茶棚还是日货摊子，说点别的吧！

泉太好了。泉池差不多见方，三个泉口偏西，北边便是条小溪流向西门去。看那三个大泉，一年四季，昼夜不停，老那么翻滚。你立定呆呆的看三分钟，你便觉出自然的伟大，使你不敢再正眼去看。永远那么纯洁，永远那么活泼，永远那么鲜明，冒，冒，冒，永不疲乏，永不退缩，只是自然有这样的力量！冬天更好，泉上起了一片热气，白而轻软，在深绿的长的水藻上飘荡着，使你不由得想起一种似乎神秘的境界。

池边还有小泉呢：有的像大鱼吐水，极轻快的上来一串小泡；有的像一串明珠，走到中途又歪下去，真像一串珍珠在水里斜放着；有的半天才上来一个泡，大，扁一点，慢慢的，有姿态的，摇动上来；碎了；看，又来了一个！有的好几串小碎珠一齐挤上来，像一朵攒整齐的珠花，雪白。有的……这比那大泉还更有味。

新近为增加河水的水量，又下了六根铁管，做成六个泉眼，水流得也很旺，但是我还是爱那原来的三个。

看完了泉，再往北走，经过一些货摊，便出了北门。

前年冬天一把大火把泉池南边的棚子都烧了。有机会改造了！造成一个公园，各处安着喷水管！东边作个游泳池！有许多人这样的盼望。可是，席棚又搭好了，渐次改成了木板棚；乡下人只知道趵突泉，把摊子移到“商场”去（就离趵突泉几步）买卖就受损失了；于是“商场”四大皆空，还叫趵突泉作日货销售场；也许有道理。

春 风

济南与青岛是多么不相同的地方呢！一个设若比作穿肥袖马褂的老先生，那一个便应当是摩登的少女。可是这两处不无相似之点。拿气候说吧，济南的夏天可以热死人，而青岛是有名的避暑所在；冬天，济南也比青岛冷。但是，两地的春秋颇有点相同。济南到春天多风，青岛也是这样；济南的秋天是长而晴美，青岛亦然。

对于秋天，我不知应爱哪里的：济南的秋是在山上，青岛的是海边。济南是抱在小山里的；到了秋天，小山上的草色在黄绿之间，松是绿的，别的树叶差不多都是红与黄的。就是那没树木的山上，也增多了颜色——日影、草色、石层，三者能配合出种种的条纹，种种的影色。配上那光暖的蓝空，我觉到一种舒适安全，只想在山坡上似睡非睡的躺着，躺到永远。青岛的山——虽然怪秀美——不能与海相抗，秋海的波还是春样的绿，可是被清凉的蓝空给开拓出老远，平日看不见的小岛清楚的点在帆外。这远到天边的绿水使我不愿思想而不得不思想；一种无目的的思虑，要思虑而心中反倒空虚了些。济南的秋给我安全之感，青岛的秋引起我甜美的悲哀。我不知应当爱哪个。

两地的春可都被风给吹毁了。所谓春风，似乎应当温柔，轻吻着柳枝，微微吹皱了水面，偷偷的传送花香，同情的轻轻掀起禽鸟的羽毛。济南与青岛的春风都太粗猛。济南的风每每在丁香海棠开花的时候把天刮黄，什么也看不见，连花都埋在黄暗中，青岛的风少一些沙土，可是狡猾，在已很暖的时节忽然来一阵或一天的冷风，把一切都送回冬天去，棉衣不敢脱，花儿不敢开，海边翻着愁浪。

两地的风都有时候整天整夜的刮。春夜的微风送来雁叫，使人似乎多些希望。整夜的大风，门响窗户动，使人不英雄的把头埋在被子里；即使无害，也似乎不应该如此。对于我，特别觉得难堪。我生在北方，听惯了风，可也最怕风。听是听惯了，因为听惯才知道那个难受劲儿。它老使我坐卧不安，心中游游摸摸的，干什么不好，不干什么也不好。它常常打断我的希望：听见风响，我懒得出门，觉得寒冷，心中渺茫。春天仿佛应当有生气，应当有花草，这样的野风几乎是不可原谅的！我倒不是个弱不禁风的人，虽然身体不很足壮。我能受苦，只是受不住风。别种的苦处，多少是在一个地方，多少有个原因，多少可以设法减除；对风是干没办法。总不在一个地方，到处随时使我的脑子晃动，像怒海上的船。它使我说不出为什么苦痛，而且没法子避免。它自由的刮，我死受着苦。我不能和风去讲理或吵架。单单在春天刮这样的风！可是跟谁讲理去呢？苏杭的春天应当没有这不得人心的风吧？我不准知道，而希望如此。好有个地方去“避风”呀！

想北平

设若让我写一本小说，以北平作背景，我不至于害怕，因为我可以捡着我知道的写，而躲开我所不知道的。让我单摆浮搁的讲一套北平，我没办法。北平的地方那么大，事情那么多，我知道的真觉太少了，虽然我生在那里，一直到廿七岁才离开。以名胜说，我没到过陶然亭，这多可笑！以此类推，我所知道的那点只是“我的北平”，而我的北平大概等于牛的一毛。

可是，我真爱北平。这个爱几乎是要说而说不出的。我爱我的母亲。怎样爱？我说不出。在我想作一件事讨她老人家喜欢的时候，我独自微微的笑着；在我想到她的健康而不放心的时候，我欲落泪。言语是不够表现我的心情的，只有独自微笑或落泪才足以把内心揭露在外面一些来。我之爱北平也近乎这个。夸奖这个古城的某一点是容易的，可是那就把北平看得太小了。我所爱的北平不是枝枝节节的一些什么，而是整个儿与我的心灵相粘合的一段历史，一大块地方，多少风景名胜，从雨后什刹海的蜻蜓一直到我梦里的玉泉山的塔影，都积凑到一块，每一小的事件中有个我，我的每一思念中有个北平，这只有说不出而已。

真愿成为诗人，把一切好听好看的字都浸在自己的心血里，像杜鹃似的啼出北平的俊伟。啊！我不是诗人！我将永远道不出我的爱，一种像由音乐与图画所引起的爱。这不但是辜负了北平，也对不住我自己，因为我的最初的知识与印象都得自北平，它是在我的血里，我的性格与脾气里有许多地方是这古城所赐给的。我不能爱上海与天津，因为我心中有个北平。可是我说不出来！

伦敦，巴黎，罗马与堪司坦丁堡[①]，曾被称为欧洲的四大“历史的都城”。我知道一些伦敦的情形；巴黎与罗马只是到过而已；堪司坦丁堡根本没有去过。就伦敦，巴黎，罗马来说，巴黎更近似北平——虽然“近似”两字要拉扯得很远——不过，假使让我“家住巴黎”，我一定会和没有家一样的感到寂苦。巴黎，据我看，还太热闹。自然，那里也有空旷静寂的地方，可是又未免太旷；不像北平那样既复杂而

---

① 堪司坦丁堡，现通译君士坦丁堡，即伊斯坦布尔，土耳其港口城市。

又有个边际，使我能摸着——那长着红酸枣的老城墙！面向着积水潭，背后是城墙，坐在石上看水中的小蝌蚪或苇叶上的嫩蜻蜓，我可以快乐的坐一天，心中完全安适，无所求也无可怕，像小儿安睡在摇篮里。是的，北平也有热闹的地方，但是它和太极拳相似，动中有静。巴黎有许多地方使人疲乏，所以咖啡与酒是必要的，以便刺激；在北平，有温和的香片茶就够了。

论说巴黎的布置已比伦敦罗马匀调得多了，可是比上北平还差点事儿。北平在人为之中显出自然，几乎是什么地方既不挤得慌，又不太僻静：最小的胡同里的房子也有院子与树；最空旷的地方也离买卖街与住宅区不远。这种分配法可以算——在我的经验中——天下第一了。北平的好处不在处处设备得完全，而在它处处有空儿，可以使人自由的喘气；不在有好些美丽的建筑，而在建筑的四围都有空闲的地方，使它们成为美景。每一个城楼，每一个牌楼，都可以从老远就看见。况且在街上还可以看见北山与西山呢！

好学的，爱古物的，人们自然喜欢北平，因为这里书多古物多。我不好学，也没钱买古物。对于物质上，我却喜爱北平的花多菜多果子多。花草是种费钱的玩意，可是此地的“草花儿”很便宜，而且家家有院子，可以花不多的钱而种一院子花，即使算不了什么，可是到底可爱呀。墙上的牵牛，墙根的靠山竹与草茉莉，是多么省钱省事而也足以招来蝴蝶呀！至于青菜，白菜，扁豆，毛豆角，黄瓜，菠菜等等，大多数是直接由城外担来而送到家门口的。雨后，韭菜叶上还往往带着雨时溅起的泥点。青菜摊子上的红红绿绿几乎有诗似的美丽。果子有不少是由西山与北山来的，西山的沙果，海棠，北山的黑枣，柿子，进了城还带着一层白霜儿呀！哼，美国的橘子包着纸；遇到北平的带霜儿的玉李，还不愧杀！

是的，北平是个都城，而能有好多自己产生的花，菜，水果，这就使人更接近了自然。从它里面说，它没有像伦敦的那些成天冒烟的工厂；从外面说，它紧连着园林，菜圃与农村。采菊东篱下，在这里，确是可以悠然见南山的；大概把“南”字变个“西”或“北”，也没有多少了不得的吧。像我这样的一个贫寒的人，或者只有在北平能享受一点清福了。

好，不再说了吧；要落泪了，真想念北平呀！

大明湖之春

北方的春本来就不长，还往往被狂风给七手八脚的刮了走。济南的桃李丁香与海棠什么的，差不多年年被黄风吹得一干二净，地暗天昏，落花与黄沙卷在一处，再睁眼时，春已过去了！记得有一回，正是丁香乍开的时候，也就是下午两三点钟吧，屋中就非点灯不可了；风是一阵比一阵大，天色由灰而黄，而深黄，而黑黄，而漆黑，黑得可怕。第二天去看院中的两株紫丁香，花已像煮过一回，嫩叶几乎全破了！济南的秋冬，风倒很少，大概都留在春天刮呢。

有这样的风在这儿等着，济南简直可以说没有春天；那么，大明湖之春更无从说起。

济南的三大名胜，名字都起得好：千佛山，趵突泉，大明湖，都多么响亮好听！一听到“大明湖”这三个字，便联想到春光明媚和湖光山色等等，而心中浮现出一幅美景来。事实上，可是，它既不大，又不明，也不湖。

湖中现在已不是一片清水，而是用坝划开的多少块“地”。“地”外留着几条沟，游艇沿沟而行，即是逛湖。水田不需要多么深的水，所以水黑而不清；也不要急流，所以水定而无波。东一块莲，西一块蒲，土坝挡住了水，蒲苇又遮住了莲，一望无景，只见高高低低的“庄稼”。艇行沟内，如穿高粱地然，热气腾腾，碰巧了还臭气烘烘。夏天总算还好，假若水不太臭，多少总能闻到一些荷香，而且必能看到些绿叶儿。春天，则下有黑汤，旁有破烂的土坝；风又那么野，绿柳新蒲东倒西歪，恰似挣命。所以，它既不大，又不明，也不湖。

话虽如此，这个湖到底得算个名胜。湖之不大与不明，都因为湖已不湖。假若能把“地”都收回，拆开土坝，挖深了湖身，它当然可以马上既大且明起来：湖面原本不小，而济南又有的是清凉的泉水呀。这个，也许一时作不到。不过，即使作不到这一步，就现状而言，它还应当算作名胜。北方的城市，要找有这么一片水的，真是好不容易了。千佛山满可以不算数儿，配作个名胜与否简直没多大关系。因为山在北方不是什么难找的东西呀。水，可太难找了。济南城内据说有七十二泉，城外有河，可是还非有个湖不可。泉，池，河，湖，四者俱备，这才显出济南的特色与可贵。它是北方唯一的“水城”，这个湖是少不得的。设若我们游湖时，只见沟而不见湖，请到高处去看看吧，比如在千佛山上往北眺望，则见城北灰绿的一片——大明湖；城外，华鹊二山夹着弯弯的一道灰亮光儿——黄河。这才明白了济南的不凡，不但有水，而且是这样多呀。

况且，湖景若无可观，湖中的出产可是很名贵呀。懂得什么叫作美的人或者不如懂得什么好吃的人多吧，游过苏州的往往只记得此地的点心，逛过西湖的提起来便念道那里的龙井茶，藕粉与莼菜什么的，吃到肚子里的也许比一过眼的美景更容易记住，那么大明湖的蒲菜，茭白，白花藕，还真许是它驰名天下的重要原因呢。不论怎么说吧，这些东西既都是水产，多少总带着些南国风味；在夏天，青菜挑子上带着一束束的大白莲花帯葖出卖，在北方大概只有济南能这么“阔气”。

我写过一本小说——《大明湖》——在“一·二八”与商务印书馆一同被火烧掉了。记得我描写过一段大明湖的秋景，词句全想不起来了，只记得是什么什么秋。桑子中先生给我画过一张油画，也画的是大明湖之秋，现在还在我的屋中挂着。我写的，他画的，都是大明湖，而且都是大明湖之秋，这里大概有点意思。对了，只是在秋天，大明湖才有些美呀。济南的四季，唯有秋天最好，晴暖无风，处处明朗。这时候，请到城墙上走走，俯视秋湖，败柳残荷，水平如镜；唯其是秋色，所以连那些残破的土坝也似乎正与一切景物配合：土坝上偶尔有一两截断藕，或一些黄叶的野蔓，配着三五枝芦花，确是有些画意。“庄稼”已都收了，湖显着大了许多，大了当然也就显着明。不仅是湖宽水净，显着明美，抬头向南看，半黄的千佛山就在面前，开元寺那边的“橛子”——大概是个塔吧——静静的立在山头上。往北看，城外的河水很清，菜畦中还生着短短的绿叶。往南往北，往东往西，看吧，处处空阔明朗，有山有湖，有城有河，到这时候，我们真得到个“明”字了。桑先生那张画便是在北城墙上画的，湖边只有几株秋柳，湖中只有一只游艇，水作灰蓝色，柳叶儿半黄。湖外，他画上了千佛山；湖光山色，联成一幅秋图，明朗，素净，柳梢上似乎吹着点不大能觉出来的微风。

对不起，题目是大明湖之春，我却说了大明湖之秋，可谁教亢德先生出错了题呢！

五月的青岛

因为青岛的节气晚，所以樱花照例是在四月下旬才能盛开。樱花一开，青岛的风雾也挡不住草木的生长了。海棠，丁香，桃，梨，苹果，藤萝，杜鹃，都争着开放，墙角路边也都有了嫩绿的叶儿。五月的岛上，到处花香，一清早便听见卖花声。公园里自然无须说了，小蝴蝶花与桂竹香们都在绿草地上用它们的娇艳的颜色结成十字，或绣成几团；那短短的绿树篱上也开着一层白花，似绿枝上挂了一层春雪。就是路上两旁的人家也少不得有些花草：围墙既矮，藤萝往往顺着墙把花穗儿悬在院外，散出一街的香气：那双樱，丁香，都能在墙外看到，双樱的明艳与丁香的素丽，真是足以使人眼明神爽。

山上有了绿色，嫩绿，所以把松柏们比得发黑了一些。

谷中不但填满了绿色，而且颇有些野花，有一种似紫荆而色儿略略发蓝的，折来很好插瓶。

青岛的人怎能忘下海呢。不过，说也奇怪，五月的海就仿佛特别的绿，特别的可爱，也许是因为人们心里痛快吧？看一眼路旁的绿叶，再看一眼海，真的，这才明白了什么叫作“春深似海”。绿，鲜绿，浅绿，深绿，黄绿，灰绿，各种的绿色，联接着，交错着，变化着，波动着，一直绿到天边，绿到山脚，绿到渔帆的外边去。风不凉，浪不高，船缓缓的走，燕低低的飞，街上的花香与海上的咸味混到一处，浪漾在空中，水在面前，而绿意无限，可不是，春深似海！欢喜，要狂歌，要跳入水中去，可是只能默默无言，心好像飞到天边上那将将能看到的小岛上去，一闭眼仿佛还看见一些桃花。人面桃花相映红，必定是在那小岛上。

这时候，遇上风与雾便还须穿上棉衣，可是有一天忽然响晴，夹衣就正合适。但无论怎说吧，人们反正都放了心——不会大冷了，不会。妇女们最先知道这个，早早的就穿出利落的新装，而且决定不再脱下去。海岸上，微风吹动少女们的发与衣，何必再去到电影院中找那有画意的景儿呢！这里是初春浅夏的合响，风里带着春寒，而花草山水又似初夏，意在春而景如夏，姑娘们总先走一步，迎上前去，跟花们竞争一下，女性的伟大几乎不是颓废诗人所能明白的。

人似乎随着花草都复活了，学生们特别的忙：换制服，开运动会，到崂山丹山旅行，服劳役。本地的学生忙，别处的学生也来参观，几个，几十，几百，打着旗子来了，又成着队走开，男的，女的，先生，学生，都累得满头是汗，而仍不住的向那大海丢眼。学生以外，该数小孩最快活，笨重的衣服脱去，可以到公园跑跑了；一冬天不见猴子了，现在又带着花生去喂猴子，看鹿；拾花瓣，在草地上打滚；妈妈说了，过几天还有大红樱桃吃呢！

马车都新油饰过，马虽依然清瘦，而车辆体面了许多，好作一夏天的买卖呀。新油过的马车穿过街心，那专作夏天的生意的咖啡馆，酒馆，旅社，饮冰室，也找来油漆匠，扫去灰尘，油饰一新。油漆匠在交手上忙，路旁也增多了由各处来的舞女。预备呀，忙碌呀，都红着眼等着那避暑的外国战舰与各处的阔人。多咱浴场上有了人影与小艇，生意便比花草还茂盛呀。到那时候，青岛几乎不属于青岛的人了，谁的钱多谁更威风，汽车的眼是不会看山水的。

那么，且让我们自己尽量的欣赏五月的青岛吧！

北京的春节

按照北京的老规矩，过农历的新年（春节），差不多在腊月的初旬就开头了。“腊七腊八，冻死寒鸦”，这是一年里最冷的时候。可是，到了严冬，不久便是春天，所以人们并不因为寒冷而减少过年与迎春的热情。在腊八那天，人家里，寺观里，都熬腊八粥。这种特制的粥是祭祖祭神的，可是细一想，它倒是农业社会的一种自傲的表现——这种粥是用所有的各种的米，各种的豆，与各种的干果（杏仁、核桃仁、瓜子、荔枝肉、莲子、花生米、葡萄干、菱角米……）熬成的。这不是粥，而是小型的农业展览会。

腊八这天还要泡腊八蒜。把蒜瓣在这天放到高醋里，封起来，为过年吃饺子用的。到年底，蒜泡得色如翡翠，而醋也有了些辣味，色味双美，使人要多吃几个饺子。在北京，过年时，家家吃饺子。

从腊八起，铺户中就加紧的上年货，街上加多了货摊子——卖春联的、卖年画的、卖蜜供的、卖水仙花的等等都是只在这一季节才会出现的。这些赶年的摊子都教儿童们的心跳得特别快一些。在胡同里，吆喝的声音也比平时更多更复杂起来，其中也有仅在腊月才出现的，像卖宪书的、松枝的、薏仁米的、年糕的等等。

在有皇帝的时候，学童们到腊月十九日就不上学了，放年假一月。儿童们准备过年，差不多第一件事是买杂拌儿。这是用各种干果（花生、胶枣、榛子、栗子等）与蜜饯掺和成的，普通的带皮，高级的没有皮——例如：普通的用带皮的榛子，高级的用榛瓤儿。儿童们喜吃这些零七八碎儿，即使没有饺子吃，也必须买杂拌儿。他们的第二件大事是买爆竹，特别是男孩子们。恐怕第三件事才是买玩意儿——风筝、空竹、口琴等——和年画儿。

儿童们忙乱，大人们也紧张。他们须预备过年吃的使的喝的一切。他们也必须给儿童赶快做新鞋新衣，好在新年时显出万象更新的气象。

二十三日过小年，差不多就是过新年的“彩排”。在旧社会里，这天晚上家家祭灶王，从一擦黑儿鞭炮就响起来，随着炮声把灶王的纸像焚化，美其名叫送灶王上天。在前几天，街上就有多少多少卖麦芽糖与江米糖的，糖形或为长方块或为大小瓜形。按旧日的说法：用糖粘住灶王的嘴，他到了天上就不会向玉皇报告家庭中的坏事了。现在，还有卖糖的，但是只由大家享用，并不再粘灶王的嘴了。

过了二十三，大家就更忙起来，新年眨眼就到了啊。在除夕以前，家家必须把春联贴好，必须大扫除一次，名曰扫房。必须把肉、鸡、鱼、青菜、年糕什么的都预备充足，至少足够吃用一个星期的——按老习惯，铺户多数关五天门，到正月初六才开张。假若不预备下几天的吃食，临时不容易补充。还有，旧社会里的老妈妈论，讲究在除夕把一切该切出来的东西都切出来，省得在正月初一到初五再动刀，动刀剪是不吉利的。这含有迷信的意思，不过它也表现了我们确是爱和平的人，在一岁之首连切菜刀都不愿动一动。

除夕真热闹。家家赶作年菜，到处是酒肉的香味。老少男女都穿起新衣，门外贴好红红的对联，屋里贴好各色的年画，哪一家都灯火通宵，不许间断，炮声日夜不绝。在外边作事的人，除非万不得已，必定赶回家来，吃团圆饭，祭祖。这一夜，除了很小的孩子，没有什么人睡觉，而都要守岁。

元旦的光景与除夕截然不同：除夕，街上挤满了人；元旦，铺户都上着板子，门前堆着昨夜燃放的爆竹纸皮，全城都在休息。

男人们在午前就出动，到亲戚家，朋友家去拜年。女人们在家中接待客人。同时，城内城外有许多寺院开放，任人游览，小贩们在庙外摆摊，卖茶、食品和各种玩具。北城外的大钟寺、西城外的白云观、南城的火神庙（厂甸）是最有名的。可是，开庙最初的两三天，并不十分热闹，因为人们还正忙着彼此贺年，无暇及此。到了初五六，庙会开始风光起来，小孩们特别热心去逛，为的是到城外看看野景，可以骑毛驴，还能买到那些新年特有的玩具。白云观外的广场上有赛轿车赛马的；在老年间，据说还有赛骆驼的。这些比赛并不争取谁第一谁第二，而是在观众面前表演骡马与骑者的美好姿态与技能。

多数的铺户在初六开张，又放鞭炮，从天亮到清早，全城的炮声不绝。虽然开了张，可是除了卖吃食与其他重要日用品的铺子，大家并不很忙，铺中的伙计们还可以轮流着去逛庙、逛天桥和听戏。

元宵（汤圆）上市，新年的高潮到了——元宵节（从正月十三到十七）。除夕是热闹的，可是没有月光；元宵节呢，恰好是明月当空。元旦是体面的，家家门前贴着鲜红的春联，人们穿着新衣裳，可是它还不够美。元宵节，处处悬灯结彩，整条的大街像是办喜事，火炽而美丽。有名的老铺都要挂出几百盏灯来，有的一律是玻璃的，有的清一色是牛角的，有的都是纱灯；有的各形各色，有的通通彩绘全部《红楼梦》或《水浒传》故事。这，在当年，也就是一种广告；灯一悬起，任何人都可以进到铺中参观；晚间灯中都点上烛，观者就更多。这广告可不庸俗。干果店在灯节还要作一批杂拌儿生意，所以每每独出心裁的，制成各样的冰灯，或用麦苗作成一两条碧绿的长龙，把顾客招来。

除了悬灯，广场上还放花盒。在城隍庙里并且燃起火判，火舌由判官的泥像的口、耳、鼻、眼中伸吐出来。公园里放起天灯，像巨星似的飞到天空。

男男女女都出来踏月、看灯、看焰火；街上的人拥挤不动。在旧社会里，女人们轻易不出门，她们可以在灯节里得到些自由。

小孩子们买各种花炮燃放，即使不跑到街上去淘气，在家中照样能有声有光的玩耍。家中也有灯：走马灯——原始的电影——宫灯、各形各色的纸灯，还有纱灯，里面有小铃，到时候就叮叮的响。大家还必须吃汤圆呀。这的确是美好快乐的日子。

一眨眼，到了残灯末庙，学生该去上学，大人又去照常作事，新年在正月十九结束了。腊月和正月，在农村社会里正是大家最闲在的时候，而猪牛羊等也正长成，所以大家要杀猪宰羊，酬劳一年的辛苦。过了灯节，天气转暖，大家就又去忙着干活了。北京虽是城市，可是它也跟着农村社会一齐过年，而且过得分外热闹。

在旧社会里，过年是与迷信分不开的。腊八粥，关东糖，除夕的饺子，都须先去供佛，而后人们再享用。除夕要接神；大年初二要祭财神，吃元宝汤（馄饨），而且有的人要到财神庙去借纸元宝，抢烧头股香。正月初八要给老人们顺星、祈寿。因此那时候最大的一笔浪费是买香蜡纸马的钱。现在，大家都不迷信了，也就省下这笔开销，用到有用的地方去。特别值得提到的是现在的儿童只快活的过年，而不受那迷信的熏染，他们只有快乐，而没有恐惧——怕神怕鬼。也许，现在过年没有以前那么热闹了，可是多么清醒健康呢。以前，人们过年是托神鬼的庇佑，现在是大家劳动终岁，大家也应当快乐的过节。

草　原[1]

自幼就见过“天苍苍，野茫茫，风吹草低见牛羊”这类的词句。这曾经发生过不太好的影响，使人怕到北边去。这次，我看到了草原。那里的天比别处的天更可爱，空气是那么清鲜，天空是那么明朗，使我总想高歌一曲，表示我的愉快。在天底下，一碧千里，而并不茫茫。四面都有小丘，平地是绿的，小丘也是绿的。羊群一会儿上了小丘，一会儿又下来，走在哪里都像给无边的绿毯绣上了白色的大花。那些小丘的线条是那么柔美，就像没骨画那样，只用绿色渲染，没有用笔勾勒，于是，到处翠色欲流，轻轻流入云际。这种境界，既使人惊叹，又叫人舒服，既愿久立四望，又想坐下

① 节选自《内蒙风光》。

低吟一首奇丽的小诗。在这境界里，连骏马与大牛都有时候静立不动，好像回味着草原的无限乐趣。紫塞，紫塞，谁说的？这是个翡翠的世界。连江南也未必有这样的景色啊！

我们访问的是陈巴尔虎旗的牧业公社。汽车走了一百五十华里，才到达目的地。一百五十里全是草原。再走一百五十里，也还是草原。草原上行车至为洒脱，只要方向不错，怎么走都可以。初入草原，听不见一点声音，也看不见什么东西，除了一些忽飞忽落的小鸟。走了许久，远远地望见了迂回的，明如玻璃的一条带子。河！牛羊多起来，也看到了马群，隐隐有鞭子的轻响。快了，快到公社了。忽然，像被一阵风吹来的，远丘上出现了一群马，马上的男女老少穿着各色的衣裳，马疾驰，襟飘带舞，像一条彩虹向我们飞过来。这是主人来到几十里外，欢迎远客。见到我们，主人们立刻拨转马头，欢呼着，飞驰着，在汽车左右与前面引路。静寂的草原，热闹起来：欢呼声，车声，马蹄声，响成一片。车、马飞过了小丘，看见了几座蒙古包。

蒙古包外，许多匹马，许多辆车。人很多，都是从几十里外乘马或坐车来看我们的。我们约请了海拉尔的一位女舞蹈员给我们作翻译。她的名字漂亮——水晶花。她就是陈旗的人，鄂温克族。主人们下了马，我们下了车。也不知道是谁的手，总是热乎乎的握着，握住不散。我们用不着水晶花同志给作翻译了。大家的语言不同，心可是一样。握手再握手，笑了再笑。你说你的，我说我的，总的意思都是民族团结互助！

也不知怎的，就进了蒙古包。奶茶倒上了，奶豆腐摆上了，主客都盘腿坐下，谁都有礼貌，谁都又那么亲热，一点不拘束。不大会儿，好客的主人端进来大盘子的手抓羊肉和奶酒。公社的干部向我们敬酒，七十岁的老翁向我们敬酒。正是：

祝福频频难尽意，举杯切切莫相忘！

我们回敬，主人再举杯，我们再回敬。这时候鄂温克姑娘们，戴着尖尖的帽儿，既大方，又稍有点羞涩，来给客人们唱民歌。我们同行的歌手也赶紧唱起来。歌声似乎比什么语言都更响亮，都更感人，不管唱的是什么，听者总会露出会心的微笑。

饭后，小伙子们表演套马、摔跤，姑娘们表演民族舞蹈。客人们也舞的舞，唱的唱，并且要骑一骑蒙古马。太阳已经偏西，谁也不肯走。是呀！蒙汉情深何忍别，天涯碧草话斜阳！

人的生活变了，草原上的一切都也随着变。就拿蒙古包说吧，从前每被呼为毡庐，今天却变了样，是用木条与草秆作成的，为是夏天住着凉爽，到冬天再改装。看那马群吧，既有短小精悍的蒙古马，也有高大的新种三河马。这种大马真体面，一看就令人想起“龙马精神”这类的话儿，并且想骑上它，驰骋万里。牛也改了种，有的重达千斤，乳房像小缸。牛肥草香乳如泉啊！并非浮夸。羊群里既有原来的大尾羊，也添了新种的短尾细毛羊，前者肉美，后者毛好。是的，人畜两旺，就是草原上的新气象之一。

猫

猫的性格实在有些古怪。说它老实吧，它的确有时候很乖。它会找个暖和地方，成天睡大觉，无忧无虑。什么事也不过问。可是，赶到它决定要出去玩玩，就会走出一天一夜，任凭谁怎么呼唤，它也不肯回来。说它贪玩吧，的确是呀，要不怎么会一天一夜不回家呢？可是，及至它听到点老鼠的响动啊，它又多么尽职，闭息凝视，一连就是几个钟头，非把老鼠等出来不拉倒！

它要是高兴，能比谁都温柔可亲：用身子蹭你的腿，把脖儿伸出来要求给抓痒，或是在你写稿子的时候，跳上桌来，在纸上踩印几朵小梅花。它还会丰富多腔地叫唤，长短不同，粗细各异，变化多端，力避单调。在不叫的时候，它还会咕噜咕噜地给自己解闷。这可都凭它的高兴。它若是不高兴啊，无论谁说多少好话，它一声也不出，连半个小梅花也不肯印在稿纸上！它倔强得很！

是，猫的确是倔强。看吧，大马戏团里什么狮子、老虎、大象、狗熊，甚至于笨驴，都能表演一些玩意儿，可是谁见过耍猫呢？（昨天才听说：苏联的某马戏团里确有耍猫的，我当然还没亲眼见过。）

这种小动物确是古怪。不管你多么善待它，它也不肯跟着你上街去逛逛。它什么都怕，总想藏起来。可是它又那么勇猛，不要说见着小虫和老鼠，就是遇上蛇也敢斗一斗。它的嘴往往被蜂儿或蝎子螫的肿起来。

赶到猫儿们一讲起恋爱来，那就闹得一条街的人们都不能安睡。它们的叫声是那么尖锐刺耳，使人觉得世界上若是没有猫啊，一定会更平静一些。

可是，及至女猫生下两三个棉花团似的小猫啊，你又不恨它了。它是那么尽责地看护儿女，连上房兜兜风也不肯去了。

郎猫可不那么负责，它丝毫不关心儿女。它或睡大觉，或上屋去乱叫，有机会就和邻居们打一架，身上的毛儿滚成了毡，满脸横七竖八都是伤痕，看起来实在不大体面。好在它没有照镜子的习惯，依然昂首阔步，大喊大叫，它匆忙地吃两口东西，就又去挑战开打。有时候，它两天两夜不回家，可是当你以为它可能已经远走高飞了，它却瘸着腿大败而归，直入厨房要东西吃。

过了满月的小猫们真是可爱，腿脚还不甚稳，可是已经学会淘气。妈妈的尾巴，一根鸡毛，都是它们的好玩具，耍上没结没完。一玩起来，它们不知要摔多少跟头，但是跌倒即马上起来，再跑再跌。它们的头撞在门上，桌腿上，和彼此的头上。撞疼了也不哭。

它们的胆子越来越大，逐渐开辟新的游戏场所。它们到院子里来了。院中的花草可遭了殃。它们在花盆里摔跤，抱着花枝打秋千，所过之处，枝折花落。你不肯责打它们，它们是那么生气勃勃，天真可爱呀。可是，你也爱花。这个矛盾就不易处理。

现在，还有新的问题呢：老鼠已差不多都被消灭了，猫还有什么用处呢？而且，猫既吃不着老鼠，就会想办法去偷捉鸡雏或小鸭什么的开开斋。这难道不是问题么？

在我的朋友里颇有些位爱猫的。不知他们注意到这些问题没有？记得二十年前在重庆住着的时候，那里的猫很珍贵，须花钱去买。在当时，那里的老鼠是那么猖狂，小猫反倒须放在笼子里养着，以免被老鼠吃掉。据说，目前在重庆已很不容易见到老鼠。那么，那里的猫呢？是不是已经不放在笼子里，还是根本不养猫了呢？这须打听一下，以备参考。

也记得三十年前，在一艘法国轮船上，我吃过一次猫肉。事前，我并不知道那是什么肉，因为不识法文，看不懂菜单。猫肉并不难吃，虽不甚香美，可也没什么怪味道。是不是该把猫都送往法国轮船上去呢？我很难作出决定。

猫的地位的确降低了，而且发生了些小问题。可是，我并不为猫的命运多耽什么心思。想想看吧，要不是灭鼠运动得到了很大的成功，消除了巨害，猫的威风怎会减少了呢？两相比较，灭鼠比爱猫更重要的多，不是吗？我想，世界上总会有那么一天，一切都机械化了，不是连驴马也会有点问题吗？可是，谁能因耽忧驴马没有事作而放弃了机械化呢？

母　鸡

一向讨厌母鸡。不知怎样受了一点惊恐，听吧，它由前院嘎嘎到后院，由后院再嘎嘎到前院，没结没完，而并没有什么理由；讨厌！有的时候，它不这样乱叫，可是细声细气的，有什么心事似的，颤颤巍巍的，顺着墙根，或沿着田坝，那么扯长了声如怨如诉，使人心中立刻结起个小疙瘩来。

它永远不反抗公鸡。可是，有时候却欺侮那最忠厚的鸭子。更可恶的是它遇到另一只母鸡的时候，它会下毒手，乘其不备，狠狠的咬一口，咬下一撮儿毛来。

到下蛋的时候，它差不多是发了狂，恨不能使全世界都知道它这点成绩；就是聋子也会被它吵得受不下去。

可是，现在我改变了心思，我看见一只孵出一群小雏鸡的母亲。

不论是在院里，还是在院外，它总是挺着脖儿，表示出世界上并没有可怕的东西。一个鸟儿飞过，或是什么东西响了一声，它立刻警戒起来，歪着头儿听；挺着身儿预备作战；看看前，看看后，咕咕的警告鸡雏要马上集合到它身边来！

当它发现了一点可吃的东西，它咕咕的紧叫，啄一啄那个东西，马上便放下，教它的儿女吃。结果，每一只鸡雏的肚子都圆圆的下垂，像刚装了一两个汤圆儿似的，它自己却消瘦了许多。假若有别的大鸡来抢食，它一定出击，把它们赶出老远，连大公鸡也怕它三分。

它教给鸡雏们啄食，掘地，用土洗澡；一天教多少次。它还半蹲着——我想这是相当劳累的——教它们挤在它的翅下、胸下，得一点温暖。它若伏在地上，鸡雏们有的便趴在它的背上，啄它的头或别的地方，它一声也不哼。

在夜间若有什么动静，它便放声啼叫，顶尖锐、顶凄惨，使任何贪睡的人也得起来看看，是不是有了黄鼠狼。

它负责、慈爱、勇敢、辛苦，因为它有了一群鸡雏。它伟大，因为它是鸡母亲。一个母亲必定就是一位英雄。我不敢再讨厌母鸡了。

养　花

我爱花，所以也爱养花。我可还没成为养花专家，因为没有工夫去作研究与试验。我只把养花当作生活中的一种乐趣，花开得大小好坏都不计较，只要开花，我就高兴。在我的小院中，到夏天，满是花草，小猫儿们只好上房去玩耍，地上没有它们的运动场。

花虽多，但无奇花异草。珍贵的花草不易养活，看着一棵好花生病欲死是件难过的事。我不愿时时落泪。北京的气候，对养花来说，不算很好。冬天冷，春天多风，夏天不是干旱就是大雨倾盆；秋天最好，可是忽然会闹霜冻。在这种气候里，想把南方的好花养活，我还没有那么大的本事。因此，我只养些好种易活、自己会奋斗的花草。

不过，尽管花草自己会奋斗，我若置之不理，任其自生自灭，它们多数还是会死了的。我得天天照管它们，像好朋友似的关切它们。一来二去，我摸着一些门道：有的喜阴，就别放在太阳地里，有的喜干，就别多浇水。这是个乐趣，摸着门道，花草养活了，而且三年五载老活着、开花，多么有意思呀！不是乱吹，这就是知识呀！多得些知识，一定不是坏事。

我不是有腿病么，不但不利于行，也不利于久坐。我不知道花草们受我的照顾，感谢我不感谢；我可得感谢它们。在我工作的时候，我总是写了几十个字，就到院中去看看，浇浇这棵，搬搬那盆，然后回到屋中再写一点，然后再出去，如此循环，把脑力劳动与体力劳动结合到一起，有益身心，胜于吃药。要是赶上狂风暴雨或天气突变，就得全家动员，抢救花草，十分紧张。几百盆花，都要很快的抢到屋里去，使人腰酸腿疼，热汗直流。第二天，天气好转，又得把花儿都搬出去，就又一次腰酸腿疼，热汗直流。可是，这多么有意思呀！不劳动，连棵花儿也养不活，这难道不是真理么？

送牛奶的同志，进门就夸“好香”！这使我们全家都感到骄傲。赶到昙花开放的时候，约几位朋友来看看，更有秉烛夜游的神气——昙花总在夜里放蕊。花儿分根了，一棵分为数棵，就赠给朋友们一些；看着友人拿走自己的劳动果实，心里自然特别喜欢。

当然，也有伤心的时候，今年夏天就有这么一回。三百株菊秧还在地上（没到移入盆中的时候），下了暴雨。邻家的墙倒了下来，菊秧被砸死三十多种，一百多棵！全家都几天没有笑容！

有喜有忧，有笑有泪，有花有实，有香有色，既须劳动，又长见识，这就是养花的乐趣。

读　书

若是学者才准念书，我就什么也不要说了。大概书不是专为学者预备的；那么，我可要多嘴了。

从我一生下来直到如今，没人盼望我成个学者；我永远喜欢服从多数人的意见。可是我爱念书。

书的种类很多，能和我有交情的可很少。我有决定念什么的全权；自幼儿我就会逃学，愣挨板子也不肯说我爱《三字经》和《百家姓》。对，《三字经》便可以代表一类——这类书，据我看，顶好在判了无期徒刑后去念，反正活着也没多大味儿。这类书可真不少，不知道为什么；也许是犯无期徒刑罪的太多；要不然便是太少——我自己就常想杀些写这类书的人。我可是还没杀过一个，一来是因为——我才明白过来——写这样书的人敢情有好些已经死了，比如写《尚书》的那位李二哥。二来是因为现在还有些人专爱念这类书，我不便得罪人太多了。顶好，我看是不管别人；我不爱念的就不动好了。好在，我爸爸没希望我成个学者。

第二类书也与咱无缘：书上满是公式，没有一个“然而”和“所以”。据说，这类书里藏着打开宇宙秘密的小金钥匙。我倒久想明白点真理。如地是圆的之类；可是这种书别扭，它老瞪着我。书不老老实实的当本书，瞪人干吗呀？我不能受这个气！有一回，一位朋友给我一本《相对论原理》，他说：明白这个就什么都明白了。我下了决心去念这本宝贝书。读了两个“配纸[①]”，我遇上了一个公式。我跟它“相对”了两点多钟！往后边一看，公式还多了去啦！我知道和它们“相对”下去，它们也许不在乎，我还活着不呢？

可是我对这类书，老有点敬意。这类书和第一类有些不同，我看得出。第一类书不是没法懂，而是懂了以后使我更糊涂。以我现在的理解力——比上我七岁的时候，我现在满可以作圣人了——我能明白“人之初，性本善”。明白完了，紧跟着就糊涂了；昨儿个晚上，我还挨了小女儿——玫瑰唇的小天使—— 一个嘴巴。我知道这个小天使性本不善，她才两岁。第二类书根本就看不懂，可是人家的纸上没

① 配纸，英语Page（页）的谐音。

印着一句废话；懂不懂的，人家不闹玄虚，它瞪我，或者我是该瞪。我的心这么一软，便把它好好放在书架上；好打好散，别太伤了和气。

这要说到第三类书了。其实这不该算一类；就这么算吧，顺嘴。这类书是这样的：名气挺大，念过的人总不肯说它坏，没念过的人老怪害羞的说将要念。譬如说《元曲》，太炎“先生”的文章，罗马的悲剧，辛克莱的小说，《大公报》——不知是哪儿出版的一本书——都算在这类里，这些书我也都拿起来过，随手便又放下了。这里还就属那本《大公报》有点劲。我不害羞，永远不说将要念。好些书的广告与威风是很大的，我只能承认那些广告作得不错，谁管它威风不威风呢。

“类”还多着呢，不便再说；有上面的三项也就足所证明我怎样的不高明了。该说读的方法。

怎样读书，在这里，是个自决的问题；我说我的，没勉强谁跟我学。第一，我读书没系统。借着什么，买着什么，遇着什么，就读什么。不懂的放下，使我糊涂的放下，没趣味的放下，不客气。我不能叫书管着我。

第二，读得很快，而不记住。书要都叫我记住，还要书干吗？书应该记住自己。对我，最讨厌的发问是：“那个典故是哪儿的呢？”“那句书是怎么来着？”我永不回答这样的考问，即使我记得。我又不是印刷机器养的，管你这一套！

读得快，因为我有时候跳过几页去。不合我的意，我就练习跳远。书要是不服气的话，来跳我呀！看侦探小说的时候，我先看最后的几页，省事。

第三，读完一本书，没有批评，谁也不告诉。一告诉就糟："嘿，你读《啼笑因缘》？"要大家都不读《啼笑因缘》，人家写它干吗呢？一批评就糟："尊家这点意见？"我不惹气。读完一本书再打通儿架，不上算。我有我的爱与不爱，存在我自己心里。我爱念什么就念，有什么心得我自己知道，这是种享受，虽然显得自私一点。

再说呢，我读书似乎只要求一点灵感。"印象甚佳"便是好书，我没工夫去细细分析它，所以根本便不能批评。"印象甚佳"有时候并不是全书的，而是书中的一段最入我的味；因为这一段使我对这全书有了好感；其实这一段的美或者正足以破坏了全体的美，但是我不去管；有一段叫我喜欢两天的，我就感谢不尽。因此，设若我真去批评，大概是高明不了。

第四，我不读自己的书，不愿谈论自己的书。"儿子是自己的好"，我还不晓得，因为自己还没有过儿子。有个小女儿，女儿能不能代表儿子，就不得而知。"老婆是别人的好"，我也不敢加以拥护，特别是在家里。但是我准知道，书是别人的好。别人的书自然未必都好，可是至少给我一点我不知道的东西。自己的，一提都头疼！自己的书，和自己的运气，好像永远是一对儿累赘。

第五，哼，算了吧。

落花生

我是个谦卑的人。但是，口袋里装上四个铜板的落花生，一边走一边吃，我开始觉得比秦始皇还骄傲。假若有人问我：“你要是作了皇上，你怎么享受呢？”简直的不必思索，我就答得出：“派四个大臣拿着两块钱的铜子，爱买多少花生吃就买多少！”

什么东西都有个幸与不幸。不知道为什么瓜子比花生的名气大。你说，凭良心说，瓜子有什么吃头？它夹你的舌头，塞你的牙，激起你的怒气——因为一咬就碎；就是幸而没碎，也不过是那么小小的一片，不解饿，没味道，劳民伤财，布尔乔亚！你看落花生：大大方方的，浅白麻子，细腰，曲线美。这还只是看外貌。弄开看：一胎儿两个或者三个粉红的胖小子。脱去粉红的衫儿，象牙色的豆瓣一对对的抱着，上边儿还结着吻。那个光滑，那个水灵，那个香喷喷的，碰到牙上那个干松酥软！白嘴吃也好，就酒喝也好，放在舌上当槟榔含着也好。写文章的时候，三四个花生可以代替一枝香烟，而且有益无损。

种类还多呢：大花生，小花生，大花生米，小花生米，糖饯的，炒的，煮的，炸的，各有各的风味，而都好吃。下雨阴天，煮上些小花生，放点盐；来四两玫瑰露；够作好几首诗的。瓜子可给诗的灵感？冬夜，早早的躺在被窝里，看着《水浒》，枕旁放着些花生米；花生米的香味，在舌上，在鼻尖；被窝里的暖气，武松打虎……这便是天国！冬天在路上，刮着冷风，或下着雪，袋里有些花生使你心中有了主儿；掏出一个来，剥了，慌忙往口中送，闭着嘴嚼，风或雪立刻不那么厉害了。况且，一个二十岁以上的人肯神仙似的，无忧无虑的，随随便便的，在街上一边走一边吃花生，这个人将来要是作了宰相或度支部尚书，他是不会有官僚气与贪财的。他若是作了皇上，必是朴俭温和直爽天真的一位皇上，没错。吃瓜子的照例不在街上走着吃，所以我不给他保这个险。

至于家中要是有小孩儿，花生简直比什么也重要。不但可以吃，而且能拿它们玩。夹在耳唇上当环子。几个小姑娘就能办很大的一回喜事。小男孩若找不着玻璃球儿，花生也可以当弹儿。玩法还多着呢。玩了之后，剥开再吃，也还不脏。两个大子儿的花生可以玩半天；给他们些瓜子试试。

论样子，论味道，栗子其实满有势派儿。可是它没有落花生那点家常的“自己”劲儿。栗子跟人没有交情，仿佛是。核桃也不行，榛子就更显着疏远。落花生在哪里都有人缘，自天子以至庶人都跟它是朋友；这不容易。

在英国，花生叫作“猴豆”——Monkey Nuts。人们到动物园去才带上一包，去喂猴子。花生在这个国里真不算很光荣，可是我亲眼看见去喂猴子的人——小孩就更不用提了——偷偷的也往自己口中送这猴豆。花生和苹果好像一样的有点魔力，假如你知道苹果的典故；我这儿确是用着典故。

美国吃花生的不限于猴子。我记得有位美国姑娘，在到中国来的时候，把几只皮箱的空处都填满了花生，大概凑起来总够十来斤吧，怕是到中国吃不着这种宝物。美国姑娘都这样重看花生，可见它确是有价值；按照哥伦比亚的哲学博士的辩证法看，这当然没有误儿。

花生大概还跟婚礼有点关系，一时我可想不起来是怎么个办法了；不是新娘子在轿里吃花生，不是；反正是什么什么春吧——你可晓得这个典故？其实花轿里真放上一包花生米，新娘子未必不一边落泪一边嚼着。

抬头见喜

对于时节，我向来不特别的注意。拿清明说吧，上坟烧纸不必非我去不可，又搭着不常住在家乡，所以每逢看见柳枝发青便晓得快到了清明，或者是已经过去。对重阳也是这样，生平没在九月九登过高，于是重阳和清明一样的没有多大作用。

端阳，中秋，新年，三个大节可不能这么马虎过去。即使我故意躲着它们，账条是不会忘记了我的。也奇怪，一个无名之辈，到了三节会有许多人惦记着，不但来信，送账条，而且要找上门来！

设若故意躲着借款，着急，设计自杀等等，而专讲三节的热闹有趣那一面儿，我似乎是最喜爱中秋。“似乎”，因为我实在不敢说准了。幼年时，中秋是个很可喜的节，要不然我怎么还记得清清楚楚那些“兔儿爷”的样子呢？有“兔儿爷”玩，这个节必是过得十二分有劲。可是从另一方面说，至少有三次喝醉是在中秋；酒入愁肠呀！所以说“似乎”最喜爱中秋。

事真凑巧，这三次“非杨贵妃式”的醉酒我还都记得很清楚。那么，就说上一说呀。第一次是在北平，我正住在翊教寺一家公寓里。好友卢嵩庵从柳泉居运来一坛子“竹叶青”。又约来两位朋友——内中有一位是不会喝的——大家就抄起茶碗来。坛子虽大，架不住茶碗一个劲进攻；月亮还没上来，坛子已空。干什么去呢？打牌玩吧。各拿出铜元百枚，约合大洋七角多，因这是古时候的事了。第一把牌将立起来，不晓得——至今还不晓得——我怎么上了床。牌必是没打成，因为我一睁眼已经红日东升了。

第二次是在天津，和朱荫棠在同福楼吃饭，各饮绿茵陈二两。吃完饭，到一家茶肆去品茗。我朝窗坐着，看见了一轮明月，我就吐了。这回决不是酒的作用，毛病是在月亮。

第三次是在伦敦。那里的秋月是什么样子，我说不上来——也许根本没有月亮其物。中国工人俱乐部里有多人凑热闹，我和沈刚伯也去喝酒。我们俩喝了两瓶葡萄酒。酒是用葡萄还是葡萄叶儿酿的，不可得而知，反正价钱很便宜；我们俩自古至今总没作过财主。喝完，各自回寓所。一上公众汽车，我的脚忽然长了眼睛，专找别人的脚尖去踩。这回可不是月亮的毛病。

对于中秋，大致如此——无论如何也不能说它坏。就此打住。

至若端阳，似乎可有可无。粽子，不爱吃。城隍爷现在也不出巡；即使再出巡，大概也没有跟随着走几里路的兴趣。樱桃真是好东西，可惜被黑白桑葚给带累坏了。

新年最热闹，也最没劲，我对它老是冷淡的。自从一记事儿起，家中就似乎很穷。爆竹总是听别人放，我们自己是静寂无哗。记得最真的是家中一张《王羲之换鹅》图。每逢除夕，母亲必把它从个神秘的地方找出来，挂在堂屋里。姑母就给说那个故事；到如今还不十分明白这故事到底有什么意思，只觉得“王羲之”三个字倒很响亮好听。后来入学，读了《兰亭序》，我告诉先生，王羲之是在我的家里。

长大了些，记得有一年的除夕，大概是光绪三十年前的一二年，母亲在院中接神，雪已下了一尺多厚。高香烧起，雪片由漆黑的空中落下，落到火光的圈里，非常的白，紧接着飞到火苗的附近，舞出些金光，即行消灭；先下来的灭了，上面又紧跟着下来许多，像一把“太平花”倒放。我还记着这个。我也的确感觉到，那年的神仙一定是真由天上回到世间。

中学的时期是最忧郁的，四五个新年中只记得一个，最凄凉的一个。那是头一次改用阳历，旧历的除夕必须回学校去，不准请假。姑母刚死两个多月，她和我们同住了三十年的样子。她有时候很厉害，但大体上说，她很爱我。哥哥当差，不能回来。家中只剩母亲一人。我在四点多钟回到家中，母亲并没有把“王羲之”找出来。吃过晚饭，我不能不告诉母亲了——我还得回校。她愣了半天，没说什么。我慢慢的走出去，她跟着走到街门。摸着袋中的几个铜子，我不知道走了多少时候，才走到学校。路上必是很热闹，可是我并没看见，我似乎失了感觉。到了学校，学监先生正在学监室门口站着。他先问我：“回来了？”我行了个礼。他点了点头，笑着叫了我一声：“你还回去吧。”这一笑，永远印在我心中。假如我将来死后能入天堂，我必把这一笑带给上帝去看。

我好像没走就又到了家，母亲正对着一枝红烛坐着呢。她的泪不轻易落，她又慈善又刚强。见我回来了，她脸上有了笑容，拿出一个细草纸包儿来：“给你买的杂拌儿，刚才一忙，也忘了给你。”母子好像有千言万语，只是没精神说。早早的就睡了。母亲也没精神。

中学毕业以后，新年，除了为还债着急，似乎已和我不发生关系。我在哪里，除夕便由我照管着哪里。别人都回家去过年，我老是早早关上门，在床上听着爆竹响。平日我也好吃个嘴儿，到了新年反倒想不起弄点什么吃，连酒也不喝。在爆竹稍静了些的时节，我老看见些过去的苦境。可是我既不落泪，也不狂歌，我只静静的躺着。躺着躺着，多咱烛光在壁上幻出一个“抬头见喜”，那就快睡去了。

我的理想家庭

一个二十多岁的小伙子，讲恋爱，讲革命，讲志愿，似乎天地之间，唯我独尊，简直想不到组织家庭——结婚既是爱的坟墓，家庭根本上是英雄好汉的累赘。及至过了三十，革命成功与否，事情好歹不论，反正领略够了人情世故，壮气就差点事儿了。虽然明知家庭之累，等于投胎为马为牛，可是人生总不过如此，多少也都得经验一番，既不坚持独身，结婚倒也还容易。于是发帖子请客，笑着开驶倒车，苦乐容或相抵，反正至少凑个热闹。到了四十，儿女已有二三，贫也好富也好，自己认头苦曳，对于年轻的朋友已经有好些个事儿说不到一处，而劝告他们老老实实的结婚，好早生儿养女，即是话不投缘的一例。到了这个年纪，设若还有理想，必是理想的家庭。倒退二十年，连这么一想也觉泄气。人生的矛盾可笑即在于此，年轻力壮，力求事事出轨，决不甘为火车；及至中年，心理的，生理的，种种理的什么什么，都使他不但非作火车不可，且作货车焉。把当初与现在一比较，判若两人，足够自己笑半天的！或有例外，实不多见。

明年我就四十了，已具说理想家庭的资格：大不必吹，盖亦自嘲。

我的理想家庭要有七间小平房：一间是客厅，古玩字画全非必要，只要几张很舒服宽松的椅子，一二小桌。一间书房，书籍不少，不管什么头版与古本，而都是我所爱读的。一张书桌，桌面是中国漆的，放上热茶杯不至烫成个圆白印儿。文具不讲究，可是都很好用。桌上老有一两枝鲜花，插在小瓶里。两间卧室，我独据一间，没有臭虫，而有一张极大极软的床。在这个床上，横睡直睡都可以，不论怎睡都一躺下就舒服合适，好像陷在棉花堆里，一点也不硬碰骨头。还有一间，是预备给客人住的。此外是一间厨房，一个厕所，没有下房，因为根本不预备用仆人。家中不要电话，不要播音机，不要留声机，不要麻将牌，不要风扇，不要保险柜。缺乏的东西本来很多，不过这几项是故意不要的，有人白送给我也不要。

院子必须很大。靠墙有几株小果木树。除了一块长方的土地，平坦无草，足够打开太极拳的，其他的地方就都种着花草——没有一种珍贵费事的，只求昌茂多花。屋中至少有一只花猫，院中至少也有一两盆金鱼；小树上悬着小笼，二三绿蝈蝈随意地鸣着。

这就该说到人了。屋子不多，又不要仆人，人口自然不能很多：一妻和一儿一女就正合适。先生管擦地板与玻璃，打扫院子，收拾花木，给鱼换水，给蝈蝈一两块绿黄瓜或几个毛豆；并管上街送信买书等事宜。太太管做饭，女儿任助手——顶好是十二三岁，不准小也不准大，老是十二三岁。儿子顶好是三岁，既会讲话，又胖胖的会淘气。母女于做饭之外，就做点针线，看小弟弟。大件衣服拿到外边去洗，小件的随时自己涮一涮。

既然有这么多工作，自然就没有多少工夫去听戏看电影。不过在过生日的时候，全家就出去玩半天；接一位亲或友的老太太给看家。过生日什么的永远不请客受礼，亲友家送来的红白帖子，就一概扔在字纸篓里，除非那真需要帮助的，才送一些干礼去。到过节过年的时候，吃食从丰，而且可以买一通纸牌，大家打打“索儿胡”，赌铁蚕豆或花生米。

男的没有固定的职业；只是每天写点诗或小说，每千字卖上四五十元钱。女的也没事做，除了家务就读些书。儿女永不上学，由父母教给画图，唱歌，跳舞——乱蹦也算一种舞法——和文字，手工之类。等到他们长大，或者也会仗着绘画或写文章卖一点钱吃饭；不过这是后话，顶好暂且不提。

这一家子人，因为吃得简单干净，而一天到晚又不闲着，所以身体都很不坏。因为身体好，所以没有肝火，大家都不爱闹脾气。除了为小猫上房，金鱼甩子等事着急之外，谁也不急叱白脸的。

大家的相貌也都很体面，不令人望而生厌。衣服可并不讲究，都做得很结实朴素：永远不穿又臭又硬的皮鞋。男的很体面，可不露电影明星气；女的很健美，可不红唇卷毛的鼻子朝着天。孩子们都不卷着舌头说话，淘气而不讨厌。

这个家庭顶好是在北平，其次是成都或青岛，至坏也得在苏州。无论怎样吧，反正必须在中国，因为中国是顶文明顶平安的国家；理想的家庭必在理想的国内也。

有了小孩以后

艺术家应以艺术为妻，实际上就是当一辈子光棍儿。在下闲暇无事，往往写些小说，虽一回还没自居过文艺家，却也感觉到家庭的累赘。每逢困于油盐酱醋的灾难中，就想到独人一身，自己吃饱便天下太平，岂不妙哉。

家庭之累，大半出儿女造成。先不用提教养的花费，只就淘气哭闹而言，已足使人心慌意乱。小女三岁，专会等我不在屋中，在我的稿子上画圈拉杠，且美其名曰“小济会写字”！把人要气没了脉，她到底还是有理！再不然，我刚想起一句好的，在脑中盘旋，自信足以愧死莎士比亚，假若能写出来的话。当是时也，小济拉拉我的肘，低声说：“上公园看猴？”于是我至今还未成莎士比亚。小儿一岁整，还不会“写字”，也不晓得去看猴，但善亲亲，闭眼，张口展览上下四个小牙。我若没事，请求他闭眼，露牙，小胖子总会东指西指的打岔。赶到我拿起笔来，他那一套全来了，不但亲脸，闭眼，还“指”令我也得表演这几招。有什么办法呢?!

这还算好的。赶到小济午后不睡，按着也不睡，那才难办。到这么四点来钟吧，她的困闹开始，到五点钟我已没有人味。什么也不对，连公园的猴都变成了臭的，而且猴之所以臭，也应当由我负责。小胖子也有这种困而不睡的时候，大概多数是与小济同时发难。两位小醉鬼一齐找毛病，我就是诸葛亮恐怕也得唱空城计，一点办法没有！在这种干等束手被擒的时候，偏偏会来一两封快信——催稿子！我也只好闹脾气了。不大一会儿，把太太也闹急了，一家大小四口，都成了醉鬼，其热闹至为惊人。大人声言离婚，小孩怎说怎不是，于离婚的争辩中瞎打混。一直到七点后，二位小天使已困得动不得，离婚的宣言才无形的撤销。这还算好的。遇上小胖子出牙，那才真教厉害，不但白天没有情理，夜里还得上夜班。一会儿一醒，若被针扎了似的惊啼，他出牙，谁也不用打算睡。他的牙出利落了，大家全成了红眼虎。

不过，这一点也不妨碍家庭中爱的发展，人生的巧妙似乎就在这里。记得Frank Harris仿佛有过这么点记载：他说王尔德为那件不名誉的案子过堂被审，一开头他侃侃而谈，语多幽默。及至原告提出几个男妓作证人，王尔德没了脉，非失败不可了。Harris以为王尔德必会说："我是个戏剧家，为观察人生，什么样的人都当交往。假若我不和这些人接触，我从哪里去找戏剧中的人物呢?"可是，王尔德竟自没这么答辩，官司就算输了！

把王尔德且放在一边；艺术家得多去经验，Harris的意见，假若不是特为王尔德而发的，的确是不错。连家庭之累也是如此。还拿小孩们说吧——这才来到正题——爱他们吧，嫌他们吧，无论怎说，也是极可宝贵的经验。

在没有小孩的时候，一个人的世界还是未曾发现美洲的时候的。小孩是科仑布[①]，把人带到新大陆去。这个新大陆并不很远，就在熟习的街道上和家里。你看，街市上给我预备的，在没有小孩的时候，似乎只有理发馆，饭铺，书店，邮政局等。我想不出婴儿医院，糖食店，玩具铺等等的意义。连药房里的许许多多婴儿用的药和粉，报纸上婴儿自己药片的广告，百货店里的小袜子小鞋，都显着多此一举，劳而无功。及至小天使自天飞降，我的眼睛似乎戴上了一双放大镜，街市依然那样，跟我有关系的东西可是不知增加了多少倍！婴儿医院不但挂着牌子，敢情里边还有医生呢。不但有医生，还是挺神气，一点也得罪不得。拿着医生所给的神符，到药房去，敢情那些小瓶子小罐都有作用。不但要买瓶

① 科仑布，现通译哥伦布。

子里的白汁黄面和各色的药饼，还得买瓶子罐子，轧粉的钵，量奶的漏斗，乳头，卫生尿布，玩意多多了！百货店里那些小衣帽，小家具，也都有了意义；原先以为多此一举的东西，如今都成了非它不行；有时候铺中缺乏了我所要的那一件小物品，我还大有看不起他们的意思：既是百货店，怎能不预备这件东西呢?！慢慢的，全街上的铺子，除了金店与古玩铺，都有了我的足迹；连当铺也走得怪熟。铺中人也渐渐熟识了，甚至可以随便闲谈，以小孩为中心，谈得颇有味儿。伙计们，掌柜们，原来不仅是站柜作买卖，家中还有小孩呢！有的铺子，竟自敢允许我欠账，仿佛一有了小孩，我的人格也好了些，能被人信任。三节的账条来得很踊跃，使我明白了过节过年的时候怎样出汗。

小孩使世界扩大，使隐藏着的东西都显露出来。非有小孩不能明白这个。看着别人家的孩子，肥肥胖胖，整整齐齐，你总觉得小孩们理应如此，一生下来就戴着小帽，穿着小袄，好像小雏鸡生下来就披着一身黄绒似的。赶到自己有了小孩，才能晓得事情并不这么简单。一个小娃娃身上穿戴着全世界的工商业所能供给的，给全家人以一切啼笑爱怨的经验，小孩的确是位小活神仙！

有了小活神仙，家里才会热闹。窗台上，我一向认为是摆花的地方。夏天呢，开着窗，风儿轻轻吹动花与叶，屋中一阵阵的清香。冬天呢，阳光射到花上，使全屋中有些颜色与生气。后来，有了小孩，那些花盆很神秘的都不见了，窗台上满是瓶子罐子，数不清有多少。尿布有时候上了写字台，奶瓶倒在书架上。大扫除才有了意义，是的，到时候非痛痛快快的收拾一顿不可了，要不然东西就有把人埋起来的危险。上次大扫除的时候，我由床底下找到了但丁的《神曲》。不知道这老家伙干吗在那里藏着玩呢！

人的数目也增多了，而且有很多问题。在没有小孩的时候，用一个仆人就够了，现在至少得用俩。以前，仆人“拿糖”，满可以暂时不用；没人作饭，就外边去吃，谁也不用拿捏谁。有了小孩，这点豪气乘早收起去。三天没人洗尿布，屋里就不要再进来人。牛奶等项是非有人管理不可，有儿方知卫生难，奶瓶子一天就得烫五六次；没仆人简直不行！有仆人就得捣乱，没办法！

好多没办法的事都得马上有办法，小孩子不会等着“国联”慢慢解决儿童问题。这就长了经验。半夜里去买药，药铺的门上原来有个小口，可以交钱拿药，早先我就不晓得这一招。西药房里敢情也打价钱，不等他开口，我就提出：“还是四毛五？”这个“还是”使我省五分钱，而且落个行家。这又是一招。找老妈子有作坊，当票儿到期还可以入利延期，也都被我学会。没工夫细想，大概自从有了儿女以后，我所得的经验至少比一张大学文凭所能给我的多着许多。大学文凭是由课本里掏出来的，现在我却念着一本活书，没有头儿。

连我自己的身体现在都会变形，经小孩们的指挥，我得去装马装牛，还须装得像个样儿。不但装牛像牛，我也学会牛的忍性，小胖子觉得“开步走”有意思，我就得百走不厌；只作一回，绝对不行。多咱他改了主意，多咱我才能“立正”。在这里，我体验出母性的伟大，觉得打老婆的人们满该下狱。

中秋节前来了个老道，不要米，不要钱，只问有小孩没有？看见了小胖子，老道高了兴，说十四那天早晨须给小胖子左腕上系一根红线，备清水一碗，烧高香三炷，必能消灾除难。右邻家的老太太也出来看，老道问她有小孩没有，她惨淡的摇了摇头。到了十四那天，倒是这位老太太的提醒，小胖子的左腕上才拴了一圈红线。小孩子征服了老道与邻家老太太。一看胖手腕的红线，我觉得比写完一本伟大的作品还骄傲，于是上街买了两尊兔子王，感到老道，红线，兔子王，都有绝大的意义！

“住”的梦

在北平与青岛住家的时候，我永远没想到过：将来我要住在什么地方去。在乐园里的人或者不会梦想另辟乐园吧。

在抗战中，在重庆与它的郊区住了六年。这六年的酷暑重雾，和房屋的不像房屋，使我会作梦了。我梦想着抗战胜利后我应去住的地方。

不管我的梦想能否成为事实，说出来总是好玩的：

春天，我将要住在杭州。二十年前，我到过杭州，只住了两天。那是旧历的二月初，在西湖上我看见了嫩柳与菜花，碧浪与翠竹。山上的光景如何？没有看到。三四月的莺花山水如何，也无从晓得。但是，由我看到的那点春光，已经可以断定杭州的春天必定会教人整天生活在诗与图画中的。所以，春天我的家应当是在杭州。

夏天，我想青城山应当算作最理想的地方。在那里，我虽然只住过十天，可是它的幽静已拴住了我的心灵。在我所看见过的山水中，只有这里没有使我失望。它并没有什么奇峰或巨瀑，也没有多少古寺与胜迹，可是，它的那一片绿色已足使我感到这是仙人所应住的地方了。到处都是绿，而且都是像嫩柳那么淡，竹叶那么亮，蕉叶那么润，目之所及，那片淡而光润的绿色都在轻轻的颤动，仿佛要流入空中与心中去似的。这个绿色会像音乐似的，涤清了心中的万虑，山中有水，有茶，还有酒。早晚，即使在暑天，也须穿起毛衣。我想，在这里住一夏天，必能写出一部十万到二十万的小说。

假若青城去不成，求其次者才提到青岛。我在青岛住过三年，很喜爱它。不过，春夏之交，它有雾，虽然不很热，可是相当的湿闷。再说，一到夏天，游人来的很多，失去了海滨上的清静。美而不静便至少失去一半的美。最使我看不惯的是那些喝醉的外国水兵与差不多是裸体的，而没有曲线美的妓女。秋天，游人都走开，这地方反倒更可爱些。

不过，秋天一定要住北平。天堂是什么样子，我不晓得，但是从我的生活经验去判断，北平之秋便是天堂。论天气，不冷不热。论吃食，苹果，梨，柿，枣，葡萄，都每样有若干种。至于北平特产的小白梨与大白海棠，恐怕就是乐园中的禁果吧，连亚当与夏娃见了，也必滴下口水来！果子而外，羊肉正肥，高粱红的螃蟹刚好下市，而良乡的栗子也香闻十里。论花草，菊花种类之多，花式之奇，可以甲天下。西山有红叶可见，北海可以划船——虽然荷花已残，荷叶可还有一片清香。衣食住行，在北平的秋天，是没有一项不使人满意的。即使没有余钱买菊吃蟹，一两毛钱还可以爆二两羊肉，弄一小壶佛手露啊！

冬天，我还没有打好主意，香港很暖和，适于我这贫血怕冷的人去住，但是“洋味”太重，我不高兴去。广州，我没有到过，无从判断。成都或者相当的合适，虽然并不怎样和暖，可是为了水仙，素心腊梅，各色的茶花，与红梅绿梅，仿佛就受一点寒冷，也颇值得去了。昆明的花也多，而且天气比成都好，可是旧书铺与精美而便宜的小吃食远不及成都的那么多，专看花而没有书读似乎也差点事。好吧，就暂时这么规定：冬天不住成都便住昆明吧。

在抗战中，我没能发了国难财。我想，抗战结束以后，我必能阔起来，唯一的原因是我是在这里说梦。既然阔起来，我就能在杭州，青城山，北山，成都，都盖起一所中式的小三合房，自己住三间，其余的留给友人们住。房后都有起码是二亩大的一个花园，种满了花草；住客有随便折花的，便毫不客气的赶出去。青岛与昆明也各建小房一所，作为候补住宅。各处的小宅，不管是什么材料盖成的，一律叫作“不会草堂”——在抗战中，开会开够了，所以永远

“不会”。

那时候，飞机一定很方便，我想四季搬家也许不至于受多大苦处的。假若那时候飞机减价，一二百元就能买一架的话，我就自备一架，择黄道吉日慢慢的飞行。

到了济南

（一）

到济南来，这是头一遭。挤出车站，汗流如浆，把一点小伤风也治好了，或者说挤跑了；没秩序的社会能治伤风，可见事儿没绝对的好坏；那么，“相对论”大概就是这么琢磨出来的吧？

挑选一辆马车。“挑选”在这儿是必要的。马车确是不少辆，可是稍有聪明的人便会由观察而疑惑，到底那里有多少匹马是应当雇八个脚夫抬回家去？有多少匹可以勉强负拉人的责任？自然，刚下火车，决无意去替人家抬马，虽然这是善举之一；那么，找能拉车与人的马自是急需。然而这绝对不是容易的事儿，因为：第一，那仅有的几匹颇带“马”

的精神的马，已早被手急眼快的主顾雇了去。第二，那些“略”带“马气”的马，本来可以将就，哪怕是只请他拉着行李——天下还有比“行李”这个字再不顺耳，不得人心，惹人头皮疼的？而我和赶车的在辕子两边担任扶持，指导，劝告，鼓励，（如还不走）拳打脚踢之责呢。这凭良心说，大概不能不算善于应付环境，具有东方文化的妙处吧？可是“马”的问题刚要解决，“车”的问题早又来到：即使马能走三里五里，坚持到底不摔跟头；或者不幸跌了一跤，而能爬起来再接再厉；那车，那车，那车，是否能装着行李而车底儿不哗啦啦掉下去呢？又一个问题，确乎成问题！假使走到中途，车底哗啦啦，还是我扛着行李（赶车的当然不负这个责任），在马旁同行呢，还是叫马背着行李，我再背着马呢？自然是，三人行必有我师，陪着御者与马走上一程，也是有趣的事；可是，花了钱雇车，而自扛行李，单为证明“三人行必有我师”，是否有点发疯？至于马背行李，我再负马，事属非常，颇有古代故事中巨人的风度，是！可有一层，我要是被压而死，那马是否能把行李送到学校去？我不算什么，行李是不能随便掉失的！不为行李，起初又何必雇车呢？小资产阶级的逻辑，不错；但到底是逻辑呀！第三，别看马与车各有问题，马与车合起来而成的“马车”是整个的问题，敢情还有惊人的问题呢——车价。一开首我便得罪了一位赶车的，我正在向那些马国之鬼，和那堆车之骨骼发呆之际，我的行李突然被一位御者抢去了。我并没生气，反倒感谢他的热心张罗。当他把行李往车上一放的时候，一点不冤人，我确乎听见哗啦一声响，确乎看见连车带马向左右摇动者三次，向前后进退者三次。“行啊？”我低声的问御者。“行？”他十足的瞪了我一眼。“行？从济南走到德国去都行！”我不好意思再怀疑他，只好以他的话作我的信仰；心里想：“有信仰便什么也不怕！”为平他的气，赶快问：“到——大学，多少钱？”他说了一个数儿。我心平气和的说：“我并不是要买贵马与尊车。”心里还想：“假如弄这么一份财产，将来不幸死了，遗嘱上给谁承受呢？”正在这么想，也不知怎的，我的行李好像被魔鬼附体，全由车中飞出来了。再一看，那怒气冲天的御者一扬鞭，那瘦病之马一掀后蹄，便轧着我的皮箱跑过去。皮箱一点也没坏，只是上边落着一小块车轮上的胶皮；为避免麻烦，我也没敢叫回御者告诉他，万一他叫“我”赔偿呢！同时，心中颇不自在，怨自己“以貌取马”，哪知人家居然能掀起后蹄而跑数步之遥呢。

幸而××来了，带来一辆马车。这辆车和车站上的那些差不多。马是白色的，虽然事实上并不见得真白，可是用“白马之白”的抽象观念想起来，到底不是黑的，黄的，更不能说一定准是灰色的。马的身上不见得肥，因此也很老实。缰，鞍，肚带，处处有麻绳帮忙维系，更显出马之稳练驯良。车是黑色的，配起白马，本应黑白分明，相得益彰；可是不知济南的太阳光为何这等特别，叫黑白的相配，更显得暗淡灰丧。

行李，××和我，全上了车。赶车的把鞭儿一扬，吆喝了一声，车没有动。我心里说："马大概是睡着了。马是人们最好的朋友，多少带点哲学性，睡一会儿是常有的事。"赶车的又喊了一声，车微动。只动了一动，就又停住；而那匹马确是走出好几步远。赶车的不喊了，反把马拉回来。他好像老太婆缝补袜子似的，在马的周身上下细腻而安稳的找那些麻绳的接头，慢慢的一个一个的接好，大概有三十多分钟吧，马与车又发生关系。又是一声喊，这回马是毫无可疑的拉着车走了。倒叫我怀疑：马能拉着车走，是否一个奇迹呢？

一路之上，总算顺当。左轮的皮带掉了两次，随掉随安上，少费些时间，无关重要。马打了三个前失，把我的鼻子碰在车窗上一次，好在没受伤。跟××顶了两回牛儿，因为我们俩是对面坐着的，可是顶牛儿更显得亲热；设若没有这个机会，两个三四十的老小伙子，又焉肯脑门顶脑门的玩耍呢？因为，到了大学的时候，我摹仿着西洋少女，在瘦马脸上吻了一下，表示感谢他叫我们得以顶牛的善意。

（二）

上次谈到济南的马车，现在该谈洋车。

济南的洋车并没有什么特异的地方。坐在洋车上的味道可确是与众不同。要领略这个味道，顶好先检看济南的道路一番；不然，屈骂了车夫，或诬蔑济南洋车构造不良，都不足使人心服。

检看道路的时候，请注意，要先看胡同里的；西门外确有宽而平的马路一条，但不能算作国粹。假如这检查的工作是在夜里，请别忘了拿个灯笼，踏一脚黑泥事小，把脚腕拐折至少也不甚舒服。

胡同中的路，差不多是中间垫石，两旁铺土的。土，在一个中国城市里，自然是黑而细腻，晴日飞扬，阴雨和泥的，没什么奇怪。提起那些石块，只好说一言难尽吧。假如你是个地质学家，你不难想到：这些石是否古代地层变动之时，整批的由地下翻上来，直至今日，始终原封没动；不然，怎能那样不平呢？但是，你若是个考古家，当然张开大嘴哈哈笑，济南真会保存古物哇！看，看哪一块石头没有多少年的历史！社会上一切都变了，只有你们这群老石还在这儿镇压着济南的风水！

浪漫派的文人也一定喜爱这些石路，因为块块石头带着慷慨不平的气味，且满有幽默。假如第一块屈了你的脚尖，哼，刚一迈步，第二块便会咬住你的脚后跟。左脚不幸被石洼囚住，留神吧，右脚会紧跟着滑溜出多远，早有一块中间隆起，棱而腻滑的等着你呢。这样，左右前后，处处是埋伏，有变化；假如哪位浪漫派写家走过一程，要是幸而不晕过去，一定会得到不少写传奇的启示。

无论是谁，请不要穿新鞋。鞋坚固呢，脚必磨破。脚结实呢，鞋上必来个窟窿。二者必居其一。那些小脚姑娘太太们，怎能不一步一跌，真使人糊涂而惊异！

在这种路上坐汽车，咱没这经验，不能说是舒服与否。只看见过汽车中的人们，接二连三的往前蹿，颇似练习三级跳远。推小车子也没有经验，只能联想到：设若我去推一回，我敢保险，不是我——多半是我——就是小车子，一定有一个碎了的。

洋车，咱坐过。从一上车说吧。车夫拿起“把”来，也许是往前走，也许是往后退，那全凭石头叫他怎样他便得怎样。济南的车夫是没有自由意志的。石头有时一高兴，也许叫左轮活动，而把右轮抓住不放；这样，满有把坐车的翻到下面去，而叫车坐一会儿人的希望。

坐车的姿式也请留心研究一番。你要是充正气君子，挺着脖子正着身，好啦：为维持脖子的挺立，下车以后，你不变成歪脖儿柳就算万幸。你越往直里挺，它们越左右的筛摇；济南的石路专爱打倒挺脖子，显正气的人们！反之，你要是缩着脖子，懈松着劲儿，请要留神，车子忽高忽低之际，你也许有鬼神暗佑还在车上，也许完全摇出车外，脸与道旁黑土相吻。从经验中看，最好的办法是不挺不缩，带着弹性。像百码决赛预备好，专候枪声时的态度，最为相宜。一点不松懈，一点不忽略，随高就高，随低就低，车左亦左，车右亦右，车起须如据鞍而立，车落应如鲤鱼入水。这样，虽然麻烦一些，可是实在安全，而且练习惯了，以后可以不晕船。

坐车的时间也大有研究的必要，最适宜坐车的时候是犯肠胃闭塞病之际。不用吃泄药，只须在饭前，喝点开水，去坐半小时上下的洋车，其效如神。饭后坐车是最冒险的事，接连坐过三天，设若不生胃病，也得长盲肠炎。要是胃口像林黛玉那么弱的人，以完全不坐车为是，因没有一个时间是相宜的。

末了，人们都说济南洋车的价钱太贵，动不动就是两三毛钱。但是，假如你自己去在这种石路上拉车，给你五块大洋，你干得了干不了？

（三）

由前两段看来，好像我不大喜欢济南似的。不，不，有大不然者！有幽默的人爱“看”，看了，能不发笑吗？天下可有几件事，几件东西，叫你看完而不发笑的？不信，闭上一只眼，看你自己的鼻子，你不笑才怪；先不用说别的。有的人看什么也不笑，也对呀，喜悲剧的人不替古人落泪不痛快，因为他好“觉”；设身处地的那么一“觉”，世界上的事儿便少有不叫泪腺要动作动作的。噢，原来如此！

济南有许多好的事儿，随便说几种吧：葱好，这是公认的吧，不是我造谣生事。听说，犹太人少有得肺病的，因为吃鱼吃的；山东人是不是因为多嚼大葱而不患肺病呢？这倒值得调查一下，好叫吃完葱的女士不必说话怪含羞的用手掩着嘴：假如调查结果真是山西河南广东因肺病而死的比山东多着七八十个（一年多七八十，一万年要多若干？），而其主因确是因为口中的葱味使肺病菌倒退四十里。

在小曲儿里，时常用葱尖比美妇人的手指，这自然是春葱，决不会是山东的老葱，设若美妇人的十指都和老葱一般儿粗（您晓得山东老葱的直径是多少寸），一旦妇女革命，打倒男人，一个嘴巴子还不把男人的半个脸打飞！这决不是济南的老葱不美，不是。葱花自然没有什么美丽，葱叶也比不上蒲叶那样挺秀，竹叶那样清劲，连蒜叶也比不上，因为蒜叶至少可以假充水仙。不要花，不看叶，单看葱白儿，你便觉得葱的伟丽了。看运动家，别看他或她的脸，要先看那两条完美的腿，看葱亦然。（运动家注意，这里一点污辱的意思没有；我自己的腿比蒜苗还细，焉敢攀高比诸葱哉！）济南的葱白起码有三尺来长吧；粗呢，总比我的手腕粗着一两圈儿——有愿看我的手腕者，请纳参观费大洋二角。这还不算什么，最美是那个晶亮，含着水，细润，纯洁的白颜色。这个纯洁的白色好像只有看见过古代希腊女神的乳房者才能明白其中的奥妙，鲜，白，带着滋养生命的乳浆！这个白色叫你舍不得吃它，而拿在手中颠着，赞叹着，好像对于宇宙的伟大有所领悟。由不得把它一层层的剥开，每一层落下来，都好似油酥饼的折叠；这个油酥饼可不是"人"手烙成的。一层层上的长直纹儿，一丝不乱的，比画图用的白绢还美丽。看见这些纹儿，再看看馍馍，你非多吃半斤馍馍不可。人们常说——带着讽刺的意思——山东人吃的多，是不知葱之美者也！

反对吃葱的人们总是说：葱虽好，可是味道有不得人心之处。其实这是一面之词，假若大家都吃葱，而且时常开个"吃葱竞赛会"，第一名赠以重二十斤金杯一个，你看还敢有人反对否！

记得，在新加坡的时候，街上有卖柘莲[①]者，味臭无比，可是土人和华人久住南洋者都嗜之若命。并且听说，英

① 柘莲，现通译榴莲。

国维克陶利亚女皇[①]吃过一切果品，只是没有尝过桮莲，引为憾事。济南的葱，老实的讲，实在没有奇怪味道，而且确是甜津津的。假如你不信呢，吃一棵尝尝。

① 维克陶利亚女皇，现通译维多利亚女王。

兔儿爷

我好静，故怕旅行。自然，到过的地方就不多了。到的地方少，看的东西自然也就少。就是对于兔儿爷这玩意也没有看过多少种。

稍为熟习的只有北方几座城：北平，天津，济南，和青岛。在这四个名城里，一到中秋，街上便摆出兔儿爷来——就是山东人称为兔子王的泥人。兔儿爷或兔子王都是泥作的。兔脸人身，有的背后还插上纸旗，头上罩着纸伞。种类多，作工细，要算北平。山东的兔子王样式既少，手工也很糙。

泥人本有多种，可是因为不结实，所以作得都不太精细；给小儿女买玩意儿，谁也不愿多花钱买一碰即碎的呀。兔儿爷虽也系泥人，但售出的时间只在八月节前的半个月左右。与月饼同为迎时当令的东西，故不妨作得精细一些。况且小儿女们每愿给兔儿爷上供，置之桌上，不像对待别种泥娃娃那么随便，于是也就略为减少碰碎的危险。这样，兔儿爷便获得较优越的地位，而能每年一度很漂亮的出现于街头。

中秋又到了，北平等处的兔儿爷怎样呢？

我可以想象到：那些粉脸彩衣，插旗打伞的泥人们一定还是一行行的摆在街头，为暴敌粉饰升平啊！

听说敌人这些日子，正在北平大量的焚书，几乎凡不是木板的图书都可以遭到被投入火里的厄运。学校里，人家里，都没有了书，而街头上到处摆出兔儿爷，多么好的一种布置呢！暴敌要的是傀儡呀！

友人来信，说平津大雨，连韭菜都卖到三吊钱（与重庆的“吊”同值）一束，粗粮也卖到一毛多一斤。谁还买得起兔儿爷呢？大概也就是在市上摆几天，给大家热闹热闹眼睛吧？

因而就想到那些高等汉奸，到时候，他们就必出来。正如桂花一开，兔子王便上市。他们的脸很体面，油光水滑的，只可惜鼻下有个三瓣子嘴，而头上有一对长耳朵。他们的身上也花花绿绿，足下登起粉底高靴。身腔里可是空空的，脊背有个泥团儿，为插旗伞之用；旗伞都是纸作的。他们多体面，多空虚，多没有心肝呢！他们唯一的好处似乎只在有两个泥膝，跪下很方便。

兔儿爷怕遇上淘气的孩子，左搬右弄，它脸上的粉，身上的彩，便被弄污；不幸而孩子一失手，全身便变成若干小片片了。孩子并不十分伤心，有钱便能再买一个呀。幸而支持过了中秋，并未粉碎；可又时节已过，谁还有心玩兔子王呢？最聪明的傀儡也不过是些小土片呀！那些带活气的兔子王，越漂亮，我就越替他们担心；小日本鬼子不但淘气，而且是世上最凶狠的孩子啊。兔子王的寿命无论如何过不去中秋，我真想为那些粉墨登场的傀儡们落泪了。

抗战建国须凭真实本领与浩然正气，只能迎时当令充兔子王的，不作汉奸，也是废物。那么，我们不仅当北望平津，似乎也当自省一下吧？

小　病

大病往往离死太近，一想便寒心，总以不患为是。即使承认病死比杀头活埋剥皮等死法光荣些，到底好死不如歹活着。半死不活的味道使盖世的英雄泪下如涌呀。拿死吓唬任何生物是不人道的。大病专会这么吓唬人，理当回避，假若不能扫除净尽。

可是小病便当另作一说了。山上的和尚思凡，比城里的学生要厉害许多。同样，楚霸王不害病则没得可说，一病便了不得。生活是种律动，须有光有影，有左有右，有晴有雨；滋味就含在这变而不猛的曲折里。微微暗些，然后再明起来，则暗得有趣，而明乃更明；且至明过了度，忽然烧断，如百烛电灯泡然。这个，照直了说，便是小病的作用。常患些小病是必要的。

所谓小病，是在两种小药的能力圈内，阿司匹灵与清瘟解毒丸是也。这两种药所不治的病，顶好快去请大夫，或者立下遗嘱，备下棺材，也无所不可，咱们现在讲的是自己能当大夫的“小”病。这种小病，平均每个半月犯一次就挺合适。一年四季，平均犯八次小病，大概不会再患什么重病了。自然也有爱患完小病再患大病的人，那是个人的自由，不在话下。

咱们说的这类小病很有趣。健康是幸福；生活要趣味。所以应当讲说一番：

小病可以增高个人的身份。不管一家大小是靠你吃饭，还是你白吃他们，日久天长，大家总对你冷淡。假若你是挣钱的，你越尽责，人们越挑眼，好像你是条黄狗，见谁都得连忙摆尾；一尾没摆到，即使不便明言，也暗中唾你几口。不大离的你必得病一回，必得！早晨起来，哎呀，头疼！买清瘟解毒丸去，还有阿司匹灵吗？不在乎要什么，要的是这个声势，狗的地位提高了不知多少。连懂点事的孩子也要闭眼想想了——这棵树可是倒不得呀！你在这时节可以发散发散狗的苦闷了，卫生的要术。你若是个白吃饭的，这个方法也一样灵验。特别是妈妈与老嫂子，一见你真需要阿司匹灵，她们会知道你没得到你所应得的尊敬，必能设法安慰你：去听听戏，或带着孩子们看电影去吧？她们诚意的向你商量，本来你的病是吃小药饼或看电影都可以治好的，可是你的身份高多了呢。在朋友中，社会中，光景也与此略同。

此外，小病两日而能自己治好，是种精神的胜利。人就是别投降给大夫。无论国医西医，一律招惹不得。头疼而去找西医，他因不能断诊——你的病本来不算什么——一定嘱告你住院，而后详加检验，发现了你的小脚指头不是好东西，非割去不可。十天之后，头疼确是好了，可是足指剩了九个。国医文明一些，不提小脚指头这一层，而说你气虚，一开便是二十味药，他越摸不清你的脉，越多开药，意在把病吓跑。就是不找大夫。预防大病来临，时时以小病发散之，而小病自己会治，这就等于“吃了萝卜喝热茶，气得大夫满街爬!”

有宜注意者：不当害这种病时，别害。头疼，大则失去一个王位，小则能惹出是非。设个小比方：长官约你陪客，你说头疼不去，其结果有不易消化者。怎样利用小病，须在全部生活艺术中搜求出来。看清机会，而后一想象，乃由无病而有病，利莫大焉。

这个，从实际上看，社会上只有一部分人能享受，差不多是一种雅好的奢侈。可是，在一个理想国里，人人应该有这个自由与享受。自然，在理想国内也许有更好的办法；不过，什么办法也不及这个浪漫，这是小品病。

避　暑

英美的小资产阶级，到夏天若不避暑，是件很丢人的事。于是，避暑差不多成为离家几天的意思，暑避了与否倒不在话下。城里的人到海边去，乡下人上城里来；城里若是热，乡下人干吗来？若是不热，城里的人为何不老老实实的在家里歇着？这就难说了。再看海边吧，各样杂耍，似赶集开店一般，男女老幼，闹闹吵吵，比在家中还累得慌。原来暑本无须避，而面子不能不圆——；夏天总得走这么几日，要不然便受不了亲友的盘问。谁也知道，海边的小旅馆每每一间小屋睡大小五口；这只好尽在不言中。

手中更富裕的，讲究到外国来。这更少与避暑有关。巴黎夏天比伦敦热得多，而巴黎走走究竟体面不小。花几个钱，长些见识，受点热也还值得。可是咱们这儿所说的人们，在未走以前已经决定好自己的文化比别国高，而回来之后只为增高在亲友中的身份——“刚由巴黎回来；那群法国人!”

到中国做事的西人，自然更不能忘了这一套。在北戴河，有三家凑赁一所小房的，住上二天，大家的享受正如圈里的羊。自然也有很阔气的，真是去避暑；可是这样的人大概在哪里也不见得感到热，有钱呀。有钱能使鬼推磨，难道不能使鬼做冰激凌吗？这总而言之，都有点装着玩。外国人装蒜，中国人要是不学，便算不了摩登。于是自从皇上被免职以后，中国人也讲究避暑。北平的西山，青岛，和其他的地方，都和洋钱有同样的响声。还有特意到天津或上海玩玩的，也归在避暑项下；谁受罪谁知道。

暑，从哲学上讲，是不应当避的。人要把暑都避了，老天爷还要暑干吗？农人要都去避暑，粮食可还有的吃？再退一步讲，手里有钱，暑不可不避，因为它暑。这自然可以讲得通，不过为避暑而急得四脖子汗流，便大可以不必。到避暑期间而闹得人仰马翻，便根本不如在家里和谁打上一架。

所以我的避暑法便很简单——家里蹲。第一不去坐火车；为避暑而先坐二十四小时的特别热车，以便到目的地去治上吐下泻，我就不那么傻。第二不扶老携幼去玩玄：比如上山，带着四个小孩，说不定会有三个半滚了坡的。山上的空气确是清新，可是下得山来，孩子都成了瘸子，也与教育宗旨不甚相合。即使没有摔坏，反正还不吓一身汗？这身汗哪里出不了，单上山去出？第三不用搬家。你说，一家大小都去避暑，得带多少东西？即使出发的时候力求简单，到了地方可就明白过来，啊，没有给小二带乳瓶来！买去吧，哼，该买的东西多了！三叔的固元膏忘下了，此处没有卖的，而不贴则三叔就泻肚；得发快信托朋友给寄！及至东西都慢慢买全，也该回家了，往回运吧，有什么可说的！

一个人去自然简单些，可是你留神吧，你的暑气还没落下去，家里的电报到了——急速回家！赶回来吧，原来没事，只是尊夫人不放心你！本来吗，一个人在海岸上溜，尊夫人能放心吗？她又不是没看过美人鱼的照片。

大家去，独自去，都不好；最好是不去。一动不如一静，心静自然凉。况且一切应用的东西都在手底下：凉席，竹枕，蒲扇，烟卷，万应锭，小二的乳瓶……要什么伸手即得，这就是个乐子。渴了有绿豆汤，饿了有烧饼，闷了念书或作两句诗。早早的起来，晚晚的睡，到了晌午再补上一大觉；光脚没人管，赤背也不违警章，喝几口随便，喝两盅也行。有风便荫凉下坐着，没风则勤扇着，暑也可以避了。

这种避暑有两点不舒服：（一）没把钱花了；（二）怕人问你。都有办法：买点暑药送苦人，或是赈灾，即使不是有心积德，到底钱是不必非花在青岛不可的。至于怕有人问，你可以不见客，等秋来的时候，他们问你，很可以这样说：“老没见，上莫干山住了三个多月。”如能把孩子们嘱咐好了，或者不至漏了底。

习 惯

不管别位，以我自己说，思想是比习惯容易变动的。每读一本书，听一套议论，甚至看一回电影，都能使我的脑子转一下。脑子的转法像螺丝钉，虽然是转，却也往前进。所以，每转一回，思想不仅变动，而且多少有点进步。记得小的时候，有一阵子很想当“黄天霸”。每逢四顾无人，便掏出瓦块或碎砖，回头轻喊：看镖！有一天，把醋瓶也这样出了手，几乎挨了顿打。这是听《五女七贞》的结果。及至后来读了托尔斯泰等人的作品，就是看了杨小楼扮演的“黄天霸”，也不会再扔醋瓶了。你看，这不仅是思想老在变动，而好歹的还高了一二分呢。

习惯可不能这样。拿吸烟说吧，读什么，看什么，听什么，都吸着烟。图书馆里不准吸烟，干脆就不去。书里告诉我，吸烟有害，于是想戒烟，可是想完了，照样点上一枝。医院里陈列着“烟肺”也看见过，颇觉恐慌，我也是有肺动物啊！这点嗜好都去不掉，连肺也对不起呀，怎能成为英雄呢?！思想很高伟了；乃至吃过饭，高伟的思想又随着蓝烟上了天。有的时候确是坚决，半天儿不动些小白纸卷儿，而且自号为理智的人——对面是习惯的人。后来也不知是怎么一股劲，连吸三枝，合着并未吃亏。肺也许又黑了许多，可是心还跳着，大概一时还不至于死，这很足自慰。什么都这样。按说一个自居“摩登”的人，总该常常携着夫人在街上走走了。我也这么想过，可是做不到。大家一看，我就毛咕，“你慢慢走着，咱们家里见吧！”把夫人落在后边，我自己迈开了大步。什么“尖头曼”“方头曼”的，不管这一套。虽然这么说，到底觉得差一点。从此再不双双走街。

明知电影比京戏文明一些，明知京戏的锣鼓专会供给头疼，可是嘉宝或红发女郎总胜不过杨小楼去。锣鼓使人头疼的舒服，仿佛是吧。同样，冰激凌，咖啡，青岛洗海澡，美国橘子，都使我摇头。酸梅汤，香片茶，裕德池，肥城桃，老有种知己的好感。这与提倡国货无关，而是自幼儿养成的习惯。年纪虽然不大，可是我的幼年还赶上了野蛮时代。那时候连皇上都不坐汽车，可想见那是多么野蛮了。

跳舞是多么文明的事呢，我也没份儿。人家印度青年与日本青年，在巴黎或伦敦看见跳舞，都讲究馋得咽唾沫。有一次，在艾丁堡，跳舞场拒绝印度学生进去，有几位差点上了吊。还有一次在海船上举行跳舞会，一个日本青年气得直哭，因为没人招呼他去跳。有人管这种好热闹叫作猴子摹仿，我倒并不这么想。在我的脑子里，我看这并不成什么问题，跳不能叫印度登时独立，也不能叫日本灭亡。不跳呢，更不会就怎样了不得。可是我不跳。一个人吃饱了没事，独自跳跳，还倒怪好。叫我和位女郎来回的拉扯，无论说什么也来不得。看着就是不顺眼，不用说真去跳了。这和吃冰激凌一样，我没有这个胃口。舌头一凉，马上联想到泻肚，其实心里准知道没有危险。

还有吃西餐呢。干净，有一定分量，好消化，这些我全知道。不过吃完西餐要不补充上一碗馄饨两个烧饼，总觉得怪委屈的。吃了带血的牛肉，喝凉水，我一定跑肚。想象的作用。这就没有办法了，想象真会叫肚子山响！

对于朋友，我永远爱交老粗儿。长发的诗人，洋装的女郎，打微高尔夫的男性女性，咬言咂字的学者，满跟我没缘。看不惯。老粗儿的言谈举止是咱自幼听惯看惯的。一看见长发诗人，我老是要告诉他先去理发；即使我十二分佩服他的诗才，他那些长发使我堵得慌。家兄永远到“推剃两从便”的地方去“剃”，亮堂堂的很悦目。女子也剪发，在理论上我极同意，可是看着别扭。问我女子该梳什么“头”，我也答不出，我总以为女性应留着头发。我的母亲，我的大姐，不都是世界上最好的女人么？她们都没剪发。

行难知易，有如是者。

取　钱

我告诉你，二哥，中国人是伟大的。就拿银行说吧，二哥，中国最小的银行也比外国的好，不冤你。你看，二哥，昨儿个我还在银行里睡了一大觉。这个我告诉你，二哥，在外国银行里就做不到。

那年我上外国，你不是说我随了洋鬼子吗？二哥，你真有先见之明。还是拿银行说吧，我亲眼得见，洋鬼子再学一百年也赶不上中国人。洋鬼子不够派儿。好比这么说吧，二哥，我在外国拿着张十镑钱的支票去兑现钱。一进银行的门，就是柜台，柜台上没有亮亮的黄铜栏杆，也没有大小的铜牌。二哥你看，这和油盐店有什么分别？不够派儿。再说人吧，柜台里站着好几个，都那么光梳头，净洗脸的，脸上还笑着；这多下贱！把支票交给他们谁也行，谁也是先问你早安或午安；太不够派儿了！拿过支票就那么看一眼，紧跟着就问："怎么拿？先生！"还是笑着。哪道买卖人呢?！叫"先生"还不够，必得还笑，洋鬼子脾气！我就说了，二哥："四个一镑的单张，五镑的一张，一镑零的；零的要票子和钱两样。"要按理说，二哥，十镑钱要这一套啰里啰嗦，你讨厌不，假若二哥你是银行的伙计？你猜怎么样，二哥，洋鬼子笑得更下贱了，好像这样麻烦是应当应分。喝，登时从柜台下面抽出簿子来，刷刷的就写；写完，又一伸手，钱是钱，票子是票子，没有一眨眼的工夫，都给我数出来了；紧跟着便是："请点一点，先生！"又是一个"先生"，下贱，不懂得买卖规矩！点完了钱，我反倒愣住了，好像忘了点什么。对了，我并没忘了什么，是奇怪洋鬼子干事——况且是堂堂的大银行——为什么这样快？赶丧哪？真他妈的！

二哥，还是中国的银行，多么有派儿！我不是说昨儿个去取钱吗？早八点就去了，因为现在天儿热，银行八点就开门；抓个早儿，省得大晌午的劳动人家；咱们事事都得留个心眼，人家有个伺候得着与伺候不着，不是吗？到了银行，人家真开了门，我就心里说，二哥：大热的天，说什么时候开门就什么时候开门，真叫不容易。其实人家要愣不开一天，不是谁也管不了吗？一边赞叹，我一边就往里走。喝，大电扇忽忽的吹着，人家已经都各按部位坐得稳稳当当，吸着烟卷，按着铃要茶水，太好了，活像一群皇上，太够派儿了。我一看，就不好意思过去，大热的天，不叫人家多歇会儿，未免有点不知好歹。可是我到底过去了，二哥，因为怕人家把我撵出去；人家看我像没事的，还不撵出来么？人家是银行，又不是茶馆，可以随便出入。我就过去了，极慢的把支票放在柜台上。没人搭理我，当然的。有一位看了我一眼，我很高兴；大热的天，看我一眼，不容易。二哥，我一过去就预备好了：先用左腿金鸡独立的站着，为是站乏了好换腿。左腿立了有十分钟，我很高兴我的腿确是有了劲。支持到十二分钟我不能不换腿了，于是就来个右金鸡独立。右腿也不弱，我更高兴了，嗨，爽性来个猴啃桃吧，我就头朝下，顺着柜台倒站了几分钟。翻过身来，大家还没动静，我又翻了十来个跟头，打了些旋风脚。刚站稳了，过来一位；心里说：我还没练两套拳呢；这么快？那位先生敢情是过来吐口痰，我补上了两套拳。拳练完了，我出了点汗，很痛快。又站了会儿，一边喘气，一边欣赏大家的派头——真稳！很想给他们喝个彩。八点四十分，过来一位，脸上要下雨，眉毛上满是黑云，看了我一眼。我很难过，大热的天，来给人家添麻烦。他看了支票一眼，又看了我一眼，好像断定我和支票像亲哥儿俩不像。我很想把脑门子上签个字。他连大气没出把支票拿了走，扔给我一面小铜牌。我直说：“不忙，不忙！今天要不合适，我明天再来；明天立秋。”我是真怕把他气死，大热的天。他还是没理我，真够派儿，使我肃然起敬！

拿着铜牌，我坐在椅子上，往放钱的那边看了一下。放钱的先生—— 一位像屈原的中年人——刚按铃要鸡丝面。我一想：工友传达到厨房，厨子还得上街买鸡，凑巧了鸡也许还没长成个儿；即使顺当的买着鸡，面也许还没磨好。说不定，这碗鸡丝面得等三天三夜。放钱的先生当然在吃面之前决不会放钱；大热的天，腹里没食怎能办事。我觉得太对不起人了，二哥！心中一懊悔，我有点发困，靠着椅子就睡了。睡得挺好，没蚊子也没臭虫，到底是银行里！一闭眼就睡了五十多分钟；我的身体，二哥，是不错了！吃得饱，睡得着！偷偷的往放钱的先生那边一看，（不好意思正眼看，大热的天，赶劳人是不对的！）鸡丝面还没来呢。我很替他着急，肚子怪饿的，坐着多么难受。他可是真够派儿，肚子那么饿还不动声色，没法不佩服他了，二哥。

大概有十点左右吧，鸡丝面来了！“大概”，因为我不肯看壁上的钟——大热的天，表示出催促人家的意思简直不够朋友。况且我才等了两点钟，算得了什么。我偷偷的看人家吃面。他吃得可不慢。我觉得对不起人。为兑我这张支票再逼得人家噎死，不人道！二哥，咱们都是善心人哪。他吃完了面，按铃要手巾把，然后点上火纸，咕噜开小水烟袋。我这才放心，他不至于噎死了。他又吸了半点多钟水烟。这时候，二哥，等取钱的已有了六七位，我们彼此对看，眼中都带出对不起人的神气。我要是开银行，二哥，开市的那天就先枪毙俩取钱的，省得日后麻烦。大热的天，取哪门子钱?！不知好歹！

十点半，放钱的先生立起来伸了伸腰。然后捧着小水烟袋和同事的低声闲谈起来。我替他抱不平，二哥，大热的天，十时半还得在行里闲谈，多么不自由！凭他的派儿，至少该上青岛避两月暑去；还在行里，还得闲谈，哼！

十一点，他回来，放下水烟袋，出去了；大概是去出恭。十一点半才回来。大热的天，二哥，人家得出半点钟的恭，多不容易！再说，十一点半，他居然拿起笔来写账，看支票。我直要过去劝告他不必着急。大热的天，为几个取钱的得点病才合不着。到了十二点。我决定回家，明天再来。我刚要走，放钱的先生喊："一号！"我真不愿过去，这个人使我失望！才等了四点钟就放钱，派儿不到家！可是，他到底没使我失望。我一过去，他没说什么，只指了指支票的背面。原来我忘了在背后签字，他没等我拔下自来水笔来，说了句："明天再说吧。"这才是我所希望的！本来吗，人家是一点关门；我补签上字，再等四点钟，不就是下午四点了吗？大热的天，二哥，人家能到时候不关门？我收起支票来，想说几句极合适的客气话，可是他喊了"二号"；我不能再耽误人家的工夫，决定回家好好的写封道歉的信！二哥，你得开开眼去，太够派儿！

又是一年芳草绿

悲观有一样好处，它能叫人把事情都看轻了一些。这个可也就是我的坏处，它不起劲，不积极。您看我挺爱笑不是？因为我悲观。悲观，所以我不能板起面孔，大喊：“孤——刘备！”我不能这样。一想到这样，我就要把自己笑毛咕了。看着别人吹胡子瞪眼睛，我从脊梁沟上发麻，非笑不可。我笑别人，因为我看不起自己。别人笑我，我觉得应该；说得天好，我不过是脸上平润一点的猴子。我笑别人，往往招人不愿意；不是别人的量小，而是不像我这样稀松，这样悲观。

我打不起精神去积极的干，这是我的大毛病。可是我不懒，凡是我该作的我总想把它作了，总算得点报酬养活自己与家里的人——往好了说，尽我的本分。我的悲观还没到想自杀的程度，不能不找点事作。有朝一日非死不可呢，那只好死喽，我有什么法儿呢？

这样，你瞧，我是无大志的人。我不想当皇上。最乐观的人才敢作皇上，我没这份胆气。

有人说我很幽默，不敢当。我不懂什么是幽默。假如一定问我，我只能说我觉得自己可笑，别人也可笑；我不比别人高，别人也不比我高。谁都有缺欠，谁都有可笑的地方。我跟谁都说得来，可是他得愿意跟我说；他一定说他是圣人，叫我三跪九叩报门而进，我没这个瘾。我不教训别人，也不听别人的教训。幽默，据我这么想，不是嬉皮笑脸，死不要鼻子。

也不知是怎股子劲儿，我成了个写家。我的朋友德成粮店的写账先生也是写家，我跟他同等，并且管他叫二哥。既是个写家，当然得写了。“风格即人”——还是“风格即驴”？——我是怎个人自然写怎样的文章了。于是有人管我叫幽默的写家。我不以这为荣，也不以这为辱。我写我的。卖得出去呢，多得个三块五块的，买什么吃不香呢。卖不出去呢，拉倒，我早知道指着写文章吃饭是不易的事。

稿子寄出去，有时候是肉包子打狗，一去不回头；连个回信也没有。这，咱只好幽默；多咱见着那个骗子再说，见着他，大概我们俩总有一个笑着去见阎王的。不过，这是不很多见的，要不怎么我还没想自杀呢。常见的事是这个，稿子登出去，酬金就睡着了，睡得还是挺香甜。直到我也睡着了，它忽然来了，仿佛故意吓人玩。数目也惊人，它能使我觉得自己不过值一毛五一斤，比猪肉还便宜呢。这个咱也不说什么，国难期间，大家都得受点苦，人家开铺子的也不容易，掌柜的吃肉，给咱点汤喝，就得念佛。是的，我是不能当皇上，焚书坑掌柜的，咱没那个狠心，你看这个劲儿！不过，有人想坑他们呢，我也不便拦着。

这么一来，可就有许多人看不起我。连好朋友都说："伙计，你也硬正着点，说你是为人类而写作，说你是中国的高尔基；你太泄气了！"真的，我是泄气，我看高尔基的胡子可笑。他老人家那股子自卖自夸的劲儿，打死我也学不来。人类要等着我写文章才变体面了，那恐怕太晚了吧？我老觉得文学是有用的；拉长了说，它比任何东西都有用，都高明。可是往眼前说，它不如一尊高射炮，或一锅饭有用。我不能吆喝我的作品是"人类改造丸"，我也不相信把文学杀死便天下太平。我写就是了。

别人的批评呢？批评是有益处的。我爱批评，它多少给我点益处；即使完全不对，不是还让我笑一笑吗？自己写的时候仿佛是蒸馒头呢，热气腾腾，莫名其妙。及至冷眼人一看，一定看出许多错儿来。我感谢这种指摘。说的不对呢，那是他的错儿，不干我的事。我永不驳辩，这似乎是胆儿小；可是也许是我的宽宏大量。我不便往自己脸上贴金。一件事总得由两面瞧，是不是？

对于我自己的作品，我不拿她们当作宝贝。是呀，当写作的时候，我是卖了力气，我想往好了写。可是一个人的天才与经验是有限的，谁也不敢保了老写得好，连荷马也有打盹的时候。有的人呢，每一拿笔便想到自己是但丁，是莎士比亚。这没有什么不可以的，天才须有自信的心。我可不敢这样，我的悲观使我看轻自己。我常想客观的估量估量自己的才力；这不易作到，我究竟不能像别人看我看得那样清楚；好吧，既不能十分看清楚了自己，也就不用装蒜，谦虚是必要的，可是装蒜也大可以不必。

对作人，我也是这样。我不希望自己是个完人，也不故意的招人家的骂。该求朋友的呢，就求；该给朋友作的呢，就作。作的好不好，咱们大家凭良心。所以我很和气，见着谁都能扯一套。可是，初次见面的人，我可是不大爱说话；特别是见着女人，我简直张不开口，我怕说错了话。在家里，我倒不十分怕太太，可是对别的女人老觉着恐慌，我不大明白妇女的心理；要是信口开河的说，我不定说出什么来呢，而妇女又爱挑眼。男人也有许多爱挑眼的，所以初次见面，我不大愿开口。我最不喜辩论，因为红着脖子粗着筋的太不幽默。我最不喜欢好吹腾的人，可并不拒绝与这样的人谈话；我不爱这样的人，但喜欢听他的吹。最好是听着他吹，吹着吹着连他自己也忘了吹到什么地方去，那才有趣。

可喜的是有好几位生朋友都这么说:“没见着阁下的时候,总以为阁下有八十多岁了。敢情阁下并不老。”是的,虽然将奔四十的人,我倒还不老。因为对事轻淡,我心中不大藏着计划,作事也无须要手段,所以我能笑,爱笑;天真的笑多少显着年轻一些。我悲观,但是不愿老声老气的悲观,那近乎“虎事”。我愿意老年轻轻的,死的时候像朵春花将残似的那样哀而不伤。我就怕什么“权威”咧,“大家”咧,“大师”咧,等等老气横秋的字眼们。我爱小孩,花草,小猫,小狗,小鱼;这些都不“虎事”。偶尔看见个穿小马褂的“小大人”,我能难受半天,特别是那种所谓聪明的孩子,让我难过。比如说,一群小孩都在那儿看变戏法儿,我也在那儿,单会有那么一两个七八岁的小老头说:“这都是假的!”这叫我立刻走开,心里堵上一大块。世界确是更“文明”了,小孩也懂事懂得早了,可是我还愿意大家傻一点,特别是小孩。假若小猫刚生下来就会捕鼠,我就不再养猫,虽然它也许是个神猫。

我不大爱说自己,这多少近乎“吹”。人是不容易看清楚自己的。不过,刚过完了年,心中还慌着,叫我写“人生于世”,实在写不出,所以就近的拿自己当材料。万一将来我不得已而作了皇上呢,这篇东西也许成为史料,等着瞧吧。

考而不死是为神

考试制度是一切制度里最好的，它能把人支使得不像人了，而把脑子严格的分成若干小块块。一块装历史，一块装化学，一块……

比如早半天考代数，下午考历史，在午饭的前后你得把脑子放在两个抽屉里，中间连一点缝子也没有才行。设若你把X+Y和一八二八弄到一处，或者找唐朝的指数，你的分数恐怕是要在二十上下。你要晓得，状元得来个一百分呀。得这么着：上午，你的一切得是代数，仿佛连你是黄帝的子孙，和姓字名谁，全根本不晓得。你就像刚由方程式里钻出来，全身的血脉都是X和Y。赶到刚一交卷，你立刻成了历史，向来没听说过代数是什么。亚力山大，秦始皇等就是你的爱人，连他们的生日是某年某月某时都知道。代数与历史千万别联宗，也别默想二者的有无关系，你是赴考呀，赴考的期间你别自居为人，你是个会吐代数，吐历史的机器。

这样考下去，你把各样功课都吐个不大离，好了，你可以现原形了；睡上一天一夜，醒来一切茫然，代数历史化学诸般武艺通通忘掉，你这才想起“妹妹我爱你”。这是种蛇脱皮的工作，旧皮脱尽才能自由；不然，你这条蛇不曾得到文凭，就是你爱妹妹，妹妹也不爱你，准的。

最难的是考作文。在化学与物理中间，忽然叫你“人生于世”。你的脑子本来已分成若干小块，分得四四方方，清清楚楚，忽然来了个没有准地方的东西，东扑扑个空，西扑扑个空，除了出汗没有合适的办法。你的心已冷两三天，忽然叫你拿出情绪作用，要痛快淋漓，慷慨激昂，假如题目是“爱国论”，或“天下兴亡匹夫有责”；你的心要是不跳吧，笔下便无血无泪；跳吧，下午还考物理呢。把定律们都跳出去，或是跳个乱七八糟，爱国是爱了，而定律一乱则没有人替你整理，怎办？幸而不是爱国论，是山中消夏记，心无须跳了。可是，得有诗意呀。仿佛考完代数你更文雅了似的！假如你能逃出这一关去，你便大有希望了，够分不够的，反正你死不了了。被“人生于世”憋死，不是什么稀罕的事。

说回来，考试制度还是最好的制度。被考死的自然无须用提。假若考而不死，你放胆活下去吧，这已明明告诉你，你是十世童男转生。

我的母亲

母亲的娘家是北平德胜门外，土城儿外边，通大钟寺的大路上的一个小村里。村里一共有四五家人家，都姓马。大家都种点不十分肥美的地，但是与我同辈的兄弟们，也有当兵的，作木匠的，作泥水匠的，和当巡察的。他们虽然是农家，却养不起牛马，人手不够的时候，妇女便也须下地作活。

对于姥姥家，我只知道上述的一点。外公外婆是什么样子，我就不知道了，因为他们早已去世。至于更远的族系与家史，就更不晓得了；穷人只能顾眼前的衣食，没有工夫谈论什么过去的光荣；“家谱”这字眼，我在幼年就根本没有听说过。

母亲生在农家，所以勤俭诚实，身体也好。这一点事实却极重要，因为假若我没有这样的一位母亲，我以为我恐怕也就要大大的打个折扣了。

母亲出嫁大概是很早，因为我的大姐现在已是六十多岁的老太婆，而我的大外甥女还长我一岁啊。我有三个哥哥，四个姐姐，但能长大成人的，只有大姐，二姐，三姐，三哥与我。我是“老”儿子。生我的时候，母亲已有四十一岁，大姐二姐已都出了阁。

由大姐与二姐所嫁入的家庭来推断，在我生下之前，我的家里，大概还马马虎虎的过得去。那时候定婚讲究门当户对，而大姐丈是作小官的，二姐丈也开过一间酒馆，他们都是相当体面的人。

可是，我，我给家庭带来了不幸：我生下来，母亲晕过去半夜，才睁眼看见她的老儿子——感谢大姐，把我揣在怀中，致未冻死。

一岁半，我把父亲“克”死了。

兄不到十岁，三姐十二三岁，我才一岁半，全仗母亲独力抚养了。父亲的寡姐跟我们一块儿住，她吸鸦片，她喜摸纸牌，她的脾气极坏。为我们的衣食，母亲要给人家洗衣服，缝补或裁缝衣裳。在我的记忆中，她的手终年是鲜红微肿的。白天，她洗衣服，洗一两大绿瓦盆。她作事永远丝毫也不敷衍，就是屠户们送来的黑如铁的布袜，她也给洗得雪白。晚间，她与三姐抱着一盏油灯，还要缝补衣服，一直到半夜。她终年没有休息，可是在忙碌中她还把院子屋中收拾得清清爽爽。桌椅都是旧的，柜门的铜活久已残缺不全，可是她的手老使破桌面上没有尘土，残破的铜活发着光。院中，父亲遗留下的几盆石榴与夹竹桃，永远会得到应有的浇灌与爱护，年年夏天开许多花。

哥哥似乎没有同我玩耍过。有时候，他去读书；有时候，他去学徒；有时候，他也去卖花生或樱桃之类的小东西。母亲含着泪把他送走，不到两天，又含着泪接他回来。我不明白这都是什么事，而只觉得与他很生疏。与母亲相依为命的是我与三姐。因此，她们作事，我老在后面跟着。她们浇花，我也张罗着取水；她们扫地，我就撮土……从这里，我学得了爱花，爱清洁，守秩序。这些习惯至今还被我保存着。

有客人来，无论手中怎么窘，母亲也要设法弄一点东西去款待。舅父与表哥们往往是自己掏钱买酒肉食，这使她脸上羞得飞红，可是殷勤的给他们温酒作面，又给她一些喜悦。遇上亲友家中有喜丧事，母亲必把大褂洗得干干净净，亲自去贺吊——份礼也许只是两吊小钱。到如今如我的好客的习性，还未全改，尽管生活是这么清苦，因为自幼儿看惯了的事情是不易改掉的。

姑母常闹脾气。她单在鸡蛋里找骨头。她是我家中的阎王。直到我入了中学，她才死去，我可是没有看见母亲反抗过。“没受过婆婆的气，还不受大姑子的吗？命当如此！”母亲在非解释一下不足以平服别人的时候，才这样说。是的，命当如此。母亲活到老，穷到老，辛苦到老，全是命当如此。她最会吃亏。给亲友邻居帮忙，她总跑在前面：她会给婴儿洗三——穷朋友们可以因此少花一笔“请姥姥”钱——她会刮痧，她会给孩子们剃头，她会给少妇们绞脸……凡是她能作的，都有求必应。但是吵嘴打架，永远没有她。她宁吃亏，不逗气。当姑母死去的时候，母亲似乎把一世的委屈都哭了出来，一直哭到坟地。不知道哪里来的一位侄子，声称有承继权，母亲便一声不响，教他搬走那些破桌子烂板凳，而且把姑母养的一只肥母鸡也送给他。

可是，母亲并不软弱。父亲死在庚子闹“拳”的那一年。联军入城，挨家搜索财物鸡鸭，我们被搜两次。母亲拉着哥哥与三姐坐在墙根，等着“鬼子”进门，街门是开着的。“鬼子”进门，一刺刀先把老黄狗刺死，而后入室搜索。他们走后，母亲把破衣箱搬起，才发现了我。假若箱子不空，我早就被压死了。皇上跑了，丈夫死了，鬼子来了，满城是血光火焰，可是母亲不怕，她要在刺刀下，饥荒中，保护着儿女。北平有多少变乱啊，有时候兵变了，街市整条的烧起，火团落在我们院中。有时候内战了，城门紧闭，铺店关门，昼夜响着枪炮。这惊恐，这紧张，再加上一家饮食的筹划，儿女安全的顾虑，岂是一个软弱的老寡妇所能受得起的？可是，在这种时候，母亲的心横起来，她不慌不哭，要从无办法中想出办法来。她的泪会往心中落！这点软而硬的个性，也传给了我。我对一切人与事，都取和平的态度，把吃亏看作当然的。但是，在作人上，我有一定的宗旨与基本的法则，什么事都可将就，而不能超过自己划好的界限。我怕见生人，怕办杂事，怕出头露面；但是到了非我去不可的时候，我便不得不去，正像我的母亲。从私塾到小学，到中学，我经历过起码有廿位教师吧，其中有给我很大影响的，也有毫无影响的，但是我的真正的教师，把性格传给我的，是我的母亲。母亲并不识字，她给我的是生命的教育。

当我在小学毕了业的时候，亲友一致的愿意我去学手艺，好帮助母亲。我晓得我应当去找饭吃，以减轻母亲的勤劳困苦。可是，我也愿意升学。我偷偷的考入了师范学校——制服，饭食，书籍，宿处，都由学校供给。只有这样，我才敢对母亲提升学的话。入学，要交十元的保证金。这是一笔巨款！母亲作了半个月的难，把这巨款筹到，而后含泪把我送出门去。她不辞劳苦，只要儿子有出息。当我由师范毕业，而被派为小学校校长，母亲与我都一夜不曾合眼。我只说了句：“以后，您可以歇一歇了！”她的回答只有一串串的眼泪。我入学之后，三姐结了婚。母亲对儿女是都一样疼爱的，但是假若她也有点偏爱的话，她应当偏爱三姐，因为自父亲死后，家中一切的事情都是母亲和三姐共同撑持的。三姐是母亲的右手。但是母亲知道这右手必须割去，她不能为自己的便利而耽误了女儿的青春。当花轿来到我们的破门外的时候，母亲的手就和冰一样的凉，脸上没有血色——那是阴历四月，天气很暖。大家都怕她晕过去。可是，她挣扎着，咬着嘴唇，手扶着门框，看花轿徐徐的走去。不久，姑母死了。三姐已出嫁，哥哥不在家，我又住学校，家中只剩母亲自己。她还须自晓至晚的操作，可是终日没人和她说一句话。新年到了，正赶上政府倡用阳历，不许过旧年。除夕，我请了两小时的假。由拥挤不堪的街市回到清炉冷灶的家中。母亲笑了。及至听说我还须回校，她愣住了。半天，她才叹出一口气来。到我该走的时候，她递给我一些花生，"去吧，小子！"街上是那么热闹，我却什么也没看见，泪遮迷了我的眼。今天，泪又遮住了我的眼，又想起当日孤独的过那凄惨的除夕的慈母。可是慈母不会再候盼着我了，她已入了土！

儿女的生命是不依顺着父母所设下的轨道一直前进的，所以老人总免不了伤心。我廿三岁，母亲要我结了婚，我不要。我请来三姐给我说情，老母含泪点了头。我爱母亲，但是我给了她最大的打击。时代使我成为逆子。廿七岁，我上了英国。为了自己，我给六十多岁的老母以第二次打击。在她七十大寿的那一天，我还远在异域。那天，据姐姐们后来告诉我，老太太只喝了两口酒，很早的便睡下。她想念她的幼子，而不便说出来。

七七抗战后，我由济南逃出来。北平又像庚子那年似的被“鬼子”占据了，可是母亲日夜惦念的幼子却跑西南来。母亲怎样想念我，我可以想象得到，可是我不能回去。每逢接到家信，我总不敢马上拆看，我怕，怕，怕，怕有那不祥的消息。人，即使活到八九十岁，有母亲便可以多少还有点孩子气。失了慈母便像花插在瓶子里，虽然还有色有香，却失去了根。有母亲的人，心里是安定的。我怕，怕，怕家信中带来不好的消息，告诉我已是失了根的花草。

去年一年，我在家信中找不到关于老母的起居情况。我疑虑，害怕。我想象得到，没有不幸，家中念我流亡孤苦，或不忍相告。母亲的生日是在九月，我在八月半写去祝寿的信，算计着会在寿日之前到达。信中嘱咐千万把寿日的详情写来，使我不再疑虑。十二月二十六日，由文化劳军的大会上回来，我接到家信。我不敢拆读。就寝前，我拆开信，母亲已去世一年了！

生命是母亲给我的。我之能长大成人，是母亲的血汗灌养的。我之能成为一个不十分坏的人，是母亲感化的。我的性格，习惯，是母亲传给的。她一世未曾享过一天福，临死还吃的是粗粮。唉！还说什么呢？心痛！心痛！

宗月大师

在我小的时候，我因家贫而身体很弱。我九岁才入学。因家贫体弱，母亲有时候想教我去上学，又怕我受人家的欺侮，更因交不上学费，所以一直到九岁我还不识一个字。说不定，我会一辈子也得不到读书的机会。因为母亲虽然知道读书的重要，可是每月间三四吊钱的学费，实在让她为难。母亲是最喜脸面的人。她迟疑不决，光阴又不等待着任何人，荒来荒去，我也许就长到十多岁了。一个十多岁的贫而不识字的孩子，很自然的去作个小买卖——弄个小筐，卖些花生、煮豌豆，或樱桃什么的。要不然就是去学徒。母亲很爱我，但是假若我能去作学徒，或提篮沿街卖樱桃而每天赚几百钱，她或者就不会坚决的反对。穷困比爱心更有力量。

有一天刘大叔偶然的来了。我说“偶然的”，因为他不常来看我们。他是个极富的人，尽管他心中并无贫富之别，可是他的财富使他终日不得闲，几乎没有工夫来看穷朋友。一进门，他看见了我。“孩子几岁了？上学没有？”他问我的母亲。他的声音是那么洪亮（在酒后，他常以学喊俞振庭的《金钱豹》自傲），他的衣服是那么华丽，他的眼是那么亮，他的脸和手是那么白嫩肥胖，使我感到我大概是犯了什么罪。我们的小屋，破桌凳，土炕，几乎禁不住他的声音的震动。等我母亲回答完，刘大叔马上决定：“明天早上我来，带他上学，学钱、书籍，大姐你都不必管！”我的心跳起多高，谁知道上学是怎么一回事呢！

第二天，我像一条不体面的小狗似的，随着这位阔人去入学。学校是一家改良私塾，在离我的家有半里多地的一座道士庙里。庙不甚大，而充满了各种气味：一进山门先有一股大烟味，紧跟着便是糖精味（有一家熬制糖球糖块的作坊），再往里，是厕所味，与别的臭味。学校是在大殿里。大殿两旁的小屋住着道士，和道士的家眷。大殿里很黑、很冷。神像都用黄布挡着，供桌上摆着孔圣人的牌位。学生都面朝西坐着，一共有三十来人。西墙上有一块黑板——这是“改良”私塾。老师姓李，一位极死板而极有爱心的中年人。刘大叔和李老师“嚷”了一顿，而后教我拜圣人及老师。老师给了我一本《地球韵言》和一本《三字经》。我于是就变成了学生。

自从作了学生以后，我时常的到刘大叔的家中去。他的宅子有两个大院子，院中几十间房屋都是出廊的。院后，还有一座相当大的花园。宅子的左右前后全是他的房屋，若是把那些房子齐齐的排起来，可以占半条大街。此外，他还有几处铺店。每逢我去，他必招呼我吃饭，或给我一些我没有看见过的点心。他绝不以我为一个苦孩子而冷淡我，他是阔大爷，但是他不以富傲人。

在我由私塾转入公立学校去的时候，刘大叔又来帮忙。这时候，他的财产已大半出了手。他是阔大爷，他只懂得花钱，而不知道计算。人们吃他，他甘心教他们吃；人们骗他，他付之一笑。他的财产有一部分是卖掉的，也有一部分是被人骗了去的。他不管；他的笑声照旧是洪亮的。

到我在中学毕业的时候，他已一贫如洗，什么财产也没有了，只剩了那个后花园。不过，在这个时候，假若他肯用用心思，去调整他的产业，他还能有办法教自己丰衣足食，因为他的好多财产是被人家骗了去的。可是，他不肯去请律师。贫与富在他心中是完全一样的。假若在这时候，他要是不再随便花钱，他至少可以保住那座花园，和城外的地产。可是，他好善。尽管他自己的儿女受着饥寒，尽管他自己受尽折磨，他还是去办贫儿学校，粥厂，等等慈善事业。他忘了自己。就是在这个时候，我和他过往的最密。他办贫儿学校，我去作义务教师。他施舍粮米，我去帮忙调查及散放。

在我的心里，我很明白：放粮放钱不过只是延长贫民的受苦难的日期，而不足以阻拦住死亡。但是，看刘大叔那么热心，那么真诚，我就顾不得和他辩论，而只好也出点力了。即使我和他辩论，我也不会得胜，人情是往往能战败理智的。

在我出国以前，刘大叔的儿子死了。而后，他的花园也出了手。他入庙为僧，夫人和小姐入庵为尼。由他的性格来说，他似乎势必走入避世学禅的一途。但是由他的生活习惯上来说，大家总以为他不过能念念经，布施布施僧道而已，而绝对不会受戒出家。他居然出了家。在以前，他吃的是山珍海味，穿的是绫罗绸缎。他也嫖也赌。现在，他每日一餐，入秋还穿着件夏布道袍。这样苦修，他的脸上还是红红的，笑声还是洪亮的。对佛学，他有多么深的认识，我不敢说。我却真知道他是个好和尚，他知道一点便去作一点，能作一点便作一点。他的学问也许不高，但是他所知道的都能见诸实行。

出家以后，他不久就作了一座大寺的方丈。可是没有好久就被驱除出来。他是要作真和尚，所以他不惜变卖庙产去救济苦人。庙里不要这种方丈。一般的说，方丈的责任是要扩充庙产，而不是救苦救难的。离开大寺，他到一座没有任何产业的庙里作方丈。他自己既没有钱，他还须天天为僧众们找到斋吃。同时，他还举办粥厂等等慈善事业。他穷，他忙，他每日只进一顿简单的素餐，可是他的笑声还是那么洪亮。他的庙里不应佛事，赶到有人来请，他便领着僧众给人家去唪真经，不要报酬。他整天不在庙里，但是他并没忘了修持；他持戒越来越严，对经义也深有所获。他白天在各处筹钱办事，晚间在小室里作工夫。谁见到这位破和尚也不曾想到他曾是个在金子里长起来的阔大爷。

去年，有一天他正给一位圆寂了的和尚念经，他忽然闭上了眼，就坐化了。火葬后，人们在他的身上发现许多舍利。

没有他，我也许一辈子也不会入学读书。没有他，我也许永远想不起帮助别人有什么乐趣与意义。他是不是真的成了佛？我不知道。但是，我的确相信他的居心与言行是与佛相近似的。我在精神上物质上都受过他的好处，现在我的确愿意他真的成了佛，并且盼望他以佛心引领我向善，正像在三十五年前，他拉着我去入私塾那样！

他是宗月大师。

四位先生

吴组缃先生的猪

从青木关到歌乐山一带，在我所认识的文友中要算吴组缃先生最为阔绰。他养着一口小花猪。据说，这小动物的身价，值六百元。

每次我去访组缃先生，必附带的向小花猪致敬，因为我与组缃先生核计过了：假若他与我共同登广告卖身，大概也不会有人出六百元来买！

有一天，我又到吴宅去。给小江——组缃先生的少爷——买了几个比醋还酸的桃子。拿着点东西，好搭讪着骗顿饭吃，否则就太不好意思了。一进门，我看见吴太太的脸比晚日还红。我心里一想，便想到了小花猪。假若小花猪丢了，或是出了别的毛病，组缃先生的阔绰便马上不存在了！一打听，果然是为了小花猪：它已绝食一天了。我很着急，急中生智，主张给它点奎宁吃，恐怕是打摆子。大家都不赞同我的主张。我又建议把它抱到床上盖上被子睡一觉，出点汗也许就好了；焉知道不是感冒呢？这年月的猪比人还娇贵呀！大家还是不赞成。后来，把猪医生请来了。我颇兴奋，要看看猪怎么吃药。猪医生把一些草药包在竹筒的大厚皮儿里，使小花猪横衔着，两头向后束在脖子上：这样，药味与药汁便慢慢走入里边去。把药包儿束好，小花猪的口中好像生了两个翅膀，倒并不难看。

虽然吴宅有此骚动，我还是在那里吃了午饭——自然稍微的有点不得劲儿！

过了两天，我又去看小花猪——这回是专程探病，绝不为看别人；我知道现在猪的价值有多大——小花猪口中已无那个药包，而且也吃点东西了。大家都很高兴，我就又就棍打腿的骗了顿饭吃，并且提出声明：到冬天，得分给我几斤腊肉：组缃先生与太太没加任何考虑便答应了。吴太太说："几斤？十斤也行！想想看，那天它要是一病不起……"大家听罢，都出了冷汗！

马宗融先生的时间观念

马宗融先生的表大概是、我想是一个装饰品。无论约他开会，还是吃饭，他总迟到一个多钟头，他的表并不慢。

来重庆，他多半是住在白象街的作家书屋。有的说也罢，没的说也罢，他总要谈到夜里两三点钟。假若不是别人都困得不出一声了，他还想不起上床去。有人陪着他谈，他能一直坐到第二天夜里两点钟。表、月亮、太阳，都不能引起他注意到时间。

比如说吧，下午三点他须到观音岩去开会，到两点半他还毫无动静。“宗融兄，不是三点，有会吗？该走了吧？”有人这样提醒他，他马上去戴上帽子，提起那有茶碗口粗的木棒，向外走。“七点吃饭。早回来呀！”大家告诉他。他回答声“一定回来”，便匆匆地走出去。

到三点的时候，你若出去，你会看见马宗融先生在门口与一位老太婆，或是两个小学生，谈话儿呢！即使不是这样，他在五点以前也不会走到观音岩。路上每遇到一位熟人，便要谈，至少有十分钟的话。若遇上打架吵嘴的，他得过去解劝，还许把别人劝开，而他与另一位劝架的打起来！遇上某处起火，他得帮着去救。有人追赶扒手，他必然得加入，非捉到不可。看见某种新东西，他得过去问问价钱，不管买与不买。看到戏报子，马上他去借电话，问还有票没有……这样，他从白象街到观音岩，可以走一天，幸而他记得开会那件事，所以只走两三个钟头，到了开会的地方，即使大家已经散了会，他也得坐两点钟，他跟谁都谈得来，都谈得有趣，很亲切，很细腻。有人刚买一条绳子，他马上拿过来练习跳绳——五十岁了啊！

七点，他想起来回白象街吃饭，归路上，又照样的劝架，救火，追贼，问物价，打电话……至早，他在八点半左右走到目的地。满头大汗，三步当作两步走的。他走了进来，饭早已开过了。

所以，我们与友人定约会的时候，若说随便什么时间，早晨也好，晚上也好，反正我一天不出门，你哪时来也可以，我们便说“马宗融的时间吧”！

姚蓬子先生的砚台

作家书屋是个神秘的地方，不信你交到那里一份文稿，而三五日后再亲自去索回，你就必定不说我扯谎了。

进到书屋，十之八九你找不到书屋的主人——姚蓬子先生。他不定在哪里藏着呢。他的被褥是稿子，他的枕头是稿子，他的桌上、椅上、窗台上……全是稿子。简单的说吧，他被稿子埋起来了。当你要稿子的时候，你可以看见一个奇迹。假如说尊稿是十张纸写的吧，书屋主人会由枕头底下翻出两张，由裤袋里掏出三张，书架里找出两张，窗子上揭下一张，还欠两张。你别忙，他会由老鼠洞里拉出那两张，一点也不少。

单说蓬子先生的那块砚台，也足够惊人了！那是块无法形容的石砚。不圆不方，有许多角儿，有任何角度。有一点沿儿，豁口甚多，底子最奇，四周翘起，中间的一点凸出，如元宝之背，它会像陀螺似的在桌子上乱转，还会一头高一头低地倾斜，如浪中之船。我老以为孙悟空就是由这块石头跳出去的！

到磨墨的时候，它会由桌子这一端滚到那一端，而且响如快跑的马车。我每晚十时必就寝，而对门儿书屋的主人要办事办到天亮。从十时到天亮，他至少有十次，一次比一次响——到夜最静的时候，大概连南岸都感到一点震动。从我到白象街起，我没做过一个好梦，刚一入梦，砚台来了一阵雷雨，梦为之断。在夏天，砚一响，我就起来拿臭虫。冬天可就不好办，只好咳嗽几声，使之闻之。

现在，我已交给作家书屋一本书，等到出版，我必定破费几十元，送给书屋主人一块平底的，不出声的砚台！

何容先生的戒烟

首先要声明：这里所说的烟是香烟，不是鸦片。

从武汉到重庆，我老同何容先生在一间屋子里，一直到前年八月间。在武汉的时候，我们都吸“大前门”或“使馆”牌；小大“英”似乎都不够味儿。到了重庆，小大“英”似乎变了质，越来越“够”味儿了，“前门”与“使馆”倒仿佛没了什么意思。慢慢的，“刀”牌与“哈德门”又变成我们的朋友，而与小大“英”，不管是谁的主动吧，好像冷淡得日甚一日，不久，“刀”牌与“哈德门”又与我们发生了意见，差不多要绝交的样子。何容先生就决心戒烟！

在他戒烟之前，我已声明过：“先上吊，后戒烟！”本来吗，“弃妇抛雏”的流亡在外，吃不敢进大三元，喝么也不过是清一色（黄酒贵，只好吃点白干），女友不敢去交，男友一律是穷光蛋，住是二人一室，睡是臭虫满床，再不吸两枝香烟，还活着干吗？可是，一看何容先生戒烟，我到底受了感动，既觉自己无勇，又钦佩他的伟大；所以，他在屋里，我几乎不敢动手取烟，以免动摇他的坚决！

何容先生那天睡了十六个钟头，一枝烟没吸！醒来，已是黄昏，他便独自走出去。我没敢陪他出去，怕不留神递给他一枝烟，破了戒！掌灯之后，他回来了，满面红光，含着笑，从口袋中掏出一包土产卷烟来。“你尝尝这个，”他客气地让我，“才一个铜板一枝！有这个，似乎就不必戒烟了！没有必要！”把烟接过来，我没敢说什么，怕伤了他的尊严。面对面的，把烟燃上，我俩细细地欣赏。头一口就惊人，冒的是黄烟，我以为他误把爆竹买来了！听了一会儿，还好，并没有爆炸，就放胆继续地吸。吸了不到四五口，我看见蚊子都争着向外边飞，我很高兴。既吸烟，又驱蚊，太可贵了！再吸几口之后，墙上又发现了臭虫，大概也要搬家，我更高兴了！吸到了半枝，何容先生与我也跑出去了，他低声地说：“看样子，还得戒烟！”

何容先生二次戒烟，有半天之久。当天的下午，他买来了烟斗与烟叶。“几毛钱的烟叶，够吃三四天的，何必一定戒烟呢！”他说。吸了几天的烟斗，他发现了：（一）不便携带；（二）不用力，抽不到；用力，烟油射在舌头上；（三）费洋火；（四）须天天收拾，麻烦！有此四弊，他就戒烟斗，而又吸上香烟了。“始作卷烟者，其无后乎！”他说。

最近二年，何容先生不知戒了多少次烟了，而指头上始终是黄的。

我的几个房东

初到伦敦，经艾温士教授的介绍，住在了离“城”有十多英里的一个人家里。房主人是两位老姑娘。大姑娘有点傻气，腿上常闹湿气，所以身心都不大有用。家务统由妹妹操持，她勤苦诚实，且受过相当的教育。

她们的父亲是开面包房的，死后，把面包房给了儿子，给二女一人一处小房子。她们卖出一所，把钱存在银行生息。其余的一所，就由她们合住。妹妹本可以去作，也真作过，家庭教师。可是因为姐姐需人照管，所以不出去作事，而把楼上的两间屋子租给单身的男人，进些租金。这给妹妹许多工作，她得给大家作早餐晚饭，得上街买东西，得收拾房间，得给大家洗小衣裳，得记账。这些，已足使任何一个女子累得喘不过气来。可是她于这些工作外，还得答复朋友的信，读一两段《圣经》，和作些针线。

她这种勤苦忠诚，倒还不是我所佩服的。我真佩服她那点独立的精神。她的哥开着面包房，到圣诞节才送给妹妹一块大鸡蛋糕！她决不去求他的帮助，就是对那一块大鸡蛋糕，她也马上还礼，送给她哥一点有用的小物件。当我快回国时去看她，她的背已很弯，发也有些白的了。

自然，这种独立的精神是由资本主义的社会制度逼出来的，可是，我到底不能不佩服她。

在她那里住过一冬，我搬到伦敦的西部去。这回是与一个叫艾支顿的合租一层楼。所以事实上我所要说的是这个艾支顿——称他为二房东都勉强一些——而不是真正的房东。我与他一气在那里住了三年。

这个人的父亲是牧师，他自己可不信宗教。当他很年轻的时候，他和一个女子由家中逃出来，在伦敦结了婚，生了三四个小孩。他有相当的聪明，好读书。专就文字方面上说，他会拉丁文，希腊文，德文，法文，程度都不坏。英文，他写得非常的漂亮。他作过一两本讲教育的书，即使内容上不怎样，他的文字之美是公认的事实。我愿意同他住在一处，差不多是为学些地道好英文。在大战时，他去投军。因为心脏弱，报不上名。他硬挤了进去。见到了军官，凭他的谈吐与学识，自然不会被叉去帐外。一来二去，他升到中校，差不多等于中国的旅长了。

战后，他拿了一笔不小的遣散费，回到伦敦，重整旧业，他又去教书。为充实学识，还到过维也纳听弗洛衣德的心理学。后来就在牛津的补习学校教书。这个学校是为工人们预备的，仿佛有点像国内的暑期学校，不过目的不在补习升学的功课。作这种学校的教员，自然没有什么地位，可是实利上并不坏：一年只作半年的事，薪水也并不很低。这个，大概是他的黄金"时代"。以身份言，中校；以学识言，有著作；以生活言，有个清闲舒服的事情。

也正是在这个时候，他和一位美国女子发生了恋爱。她出自名家，有硕士的学位。来伦敦游玩，遇上了他。她的学识正好补足他的，她是学经济的；他在补习学校演讲关于经济的问题，她就给他预备稿子。

他的夫人告了。离婚案刚一提到法厅，补习学校便免了他的职。这种案子在牛津与剑桥还是闹不得的！离婚案成立，他得到自由，但须按月供给夫人一些钱。

在我遇到他的时候，他正极狼狈。自己没有事，除了夫妇的花销，还得供给原配。幸而硕士找到了事，两份儿家都由她支持着。他空有学问，找不到事。可是两家的感情渐渐的改善，两位夫人见了面，他每月给第一位夫人送钱也是亲自去，他的女儿也肯来找他。这个，可救不了穷。穷，他还很会花钱。作过几年军官，他挥霍惯了。钱一到他手里便不会老实。他爱买书，爱吸好烟，有时候还得喝一盅。我在东方学院见了他，他到那里学华语；不知他怎么弄到手里几镑钱，便出了这个主意。见到我，他说彼此交换知识，我多教他些中文，他教我些英文，岂不甚好？为学习的方便，顶好是住在一处，假若我出房钱，他就供给我饭食。我点了头，他便找了房。

艾支顿夫人真可怜。她早晨起来，便得作好早饭。吃完，她急忙去作工，拼命的追公共汽车；永远不等车站稳就跳上去，有时把腿碰得紫里蒿青。五点下工，又得给我们作晚饭。她的烹调本事不算高明，我俩一有点不爱吃的表示，她便立刻泪在眼眶里转。有时候，艾支顿卖了一本旧书或一张画，手中摸着点钱，笑着请我们出去吃一顿。有时候我看她太疲乏了，就请他俩吃顿中国饭。在这种时节，她喜欢得像小孩子似的。

他的朋友多数和他的情形差不多。我还记得几位：有一位是个年轻的工人，谈吐很好，可是时常失业，一点也不是他的错儿，怎奈工厂时开时闭。他自然的是个社会主义者，每逢来看艾支顿，他俩便粗着脖子红着脸的争辩。艾支顿也很有口才，不过与其说他是为政治主张而争辩，还不如说是为争辩而争辩。还有一位小老头也常来，他顶可爱。德文，意大利文，西班牙文，他都能读能写能讲，但是找不到事作；闲着没事，他只为一家磁砖厂吆喝买卖，拿一点扣头。另一位老者，常上我们这一带来给人家擦玻璃，也是我们的朋友。这个老头是位博士。赶上我们在家，他便一边擦着玻璃，一边和我们讨论文学与哲学。孔子的哲学，泰戈尔的诗，他都读过，不用说西方的作家了。

只提这么三位吧，在他们的身上使我感到工商资本主义的社会的崩溃与罪恶。他们都有知识，有能力，可是被那个社会制度捆住了手，使他们抓不到面包。成千论万的人是这样，而且有远不及他们三个的！找个事情真比登天还难！

艾支顿一直闲了三年。我们那层楼的租约是三年为限。住满了，房东要加租，我们就分离开，因为再找那样便宜，和恰好够三个人住的房子，是大不容易的。虽然不在一块儿住了，可是还时常见面。艾支顿只要手里有够看电影的钱，便立刻打电话请我去看电影。即使一个礼拜，他的手中彻底的空空如也，他也会约我到家里去吃一顿饭。自然，我去的时候也老给他们买些东西。这一点上，他不像普通的英国人，他好请朋友，也很坦然的接受朋友的约请与馈赠。有许多地方，他都带出点浪漫劲儿，但他到底是个英国人，不能完全放弃绅士的气派。

直到我回国的时际，他才找到了事——在一家大书局里作顾问，荐举大陆上与美国的书籍，经书局核准，他再找人去翻译或——若是美国的书——出英国版。我离开英国后，听说他已被那个书局聘为编辑员。

离开他们夫妇，我住了半年的公寓，不便细说；房东与房客除了交租金时见一面，没有一点别的关系。在公寓里，晚饭得出去吃，既费钱，又麻烦，所以我又去找房间。这回是在伦敦南部找到一间房子，房东是老夫妇，带着个女儿。

这个老头儿——达尔曼先生——是干什么的，至今我还不清楚。一来我只在那儿住了半年，二来英国人不喜欢谈私事，三来达尔曼先生不爱说话，所以我始终没得机会打听。偶尔由老夫妇谈话中听到一两句，仿佛他是木器行的，专给人家设计作家具。他身边常带着尺。但是我不敢说肯定的话。

半年的工夫，我听熟了他三段话——他不大爱说话，但是一高兴就离不开这三段，像留声机片似的，永远不改。第一段是贵族巴来，由非洲弄来的钻石，一小铁筒一小铁筒的！每一块上都有个记号！第二段是他作过两次陪审员，非常的光荣！第三段是大战时，一个伤兵没能给一个军官行礼，被军官打了一拳。及至看明了那是个伤兵，军官跑得比兔子还快；不然的话，非教街上的给打死不可！

除了这三段而外，假若他还有什么说的，便是重述《晨报》上的消息与意见。凡是《晨报》所说的都对！

这个老头儿是地道英国的小市民，有房，有点积蓄，勤苦，干净，什么也不知道，只晓得自己的工作是神圣的，英国人是世界上最好的人。

达尔曼太太是女性的达尔曼太太，她的意见不但得自

《晨报》，而且是由达尔曼先生口中念出的那几段《晨报》，她没工夫自己去看报。

达尔曼姑娘只看《晨报》上的广告。有一回，或者是因为看我老拿着本书，她向我借一本小说。随手的我给了她一本威尔思的幽默故事。念了一段，她的脸都气紫了！我赶紧出去在报摊上给她找了本六个便士的罗曼司，内容大概是一个女招待嫁了个男招待，后来才发现这个男招待是位伯爵的承继人。这本小书使她对我又有了笑脸。

她没事作，所以在分类广告上登了一小段广告——教授跳舞。她的技术如何，我不晓得，不过她声明愿减收半费教给我的时候，我没出声。把知识变成金钱，是她，和一切小市民的格言。

她有点苦闷，没有男朋友约她出去玩耍，往往吃完晚饭便假装头疼，跑到楼上去睡觉。婚姻问题在那经济不景气的国度里，真是个没法办的问题。我看她恐怕要窝在家里！"房东太太的女儿"往往成为留学生的夫人，这是留什么外史一类小说的好材料；其实，里面的意义并不止是留学生的荒唐呀。

小　说

我走，极慢的，她送我到帘外，眼上蒙了一层露水。我走到二门，回了回头，她已赶到海棠花下。我像一个羽毛似的飘荡出去。

断魂枪

沙子龙的镳局已改成客栈。

东方的大梦没法子不醒了。炮声压下去马来与印度野林中的虎啸。半醒的人们，揉着眼，祷告着祖先与神灵；不大会儿，失去了国土、自由与主权。门外立着不同面色的人，枪口还热着。他们的长矛毒弩，花蛇斑彩的厚盾，都有什么用呢；连祖先与祖先所信的神明全不灵了啊！龙旗的中国也不再神秘，有了火车呀，穿坟过墓破坏着风水。枣红色多穗的镳旗，绿鲨皮鞘的钢刀，响着串铃的口马[①]，江湖上的智慧与黑话，义气与声名，连沙子龙，他的武艺、事业，都梦似的变成昨夜的。今天是火车、快枪，通商与恐怖。听说，

① 口马，指张家口外的马匹。

有人还要杀下皇帝的头呢！

这是走镳已没有饭吃，而国术还没被革命党与教育家提倡起来的时候。

谁不晓得沙子龙是短瘦、利落、硬棒，两眼明得像霜夜的大星？可是，现在他身上放了肉。镳局改了客栈，他自己在后小院占着三间北房，大枪立在墙角，院子里有几只楼鸽。只是在夜间，他把小院的门关好，熟习熟习他的“五虎断魂枪”。这条枪与这套枪，二十年的工夫，在西北一带，给他创出来“神枪沙子龙”五个字，没遇见过敌手。现在，这条枪与这套枪不会再替他增光显胜了；只是摸摸这凉、滑、硬而发颤的杆子，使他心中少难过一些而已。只有在夜间独自拿起枪来，才能相信自己还是“神枪沙”。在白天，他不大谈武艺与往事；他的世界已被狂风吹了走。

在他手下创练起来的少年们还时常来找他。他们大多数是没落子的，都有点武艺，可是没地方去用。有的在庙会上去卖艺：踢两趟腿，练套家伙，翻几个跟头，附带着卖点大力丸，混个三吊两吊的。有的实在闲不起了，去弄筐果子，或挑些毛豆角，赶早儿在街上论斤吆喝出去。那时候，米贱肉贱，肯卖膀子力气本来可以混个肚儿圆；他们可是不成：肚量既大，而且得吃口管事儿的[①]；干饽饽辣饼

① 管事儿的，有营养，吃了不至于不久又饿的。

子[1]咽不下去。况且他们还时常去走会：五虎棍，开路，太狮少狮……虽然算不了什么——比起走镳来——可是到底有个机会活动活动，露露脸。是的，走会捧场是买脸的事，他们打扮得得像个样儿，至少得有条青洋绉裤子，新漂白细市布的小褂，和一双鱼鳞洒鞋——顶好是青缎子抓地虎靴子。他们是神枪沙子龙的徒弟——虽然沙子龙并不承认——得到处露脸，走会得赔上俩钱，说不定还得打场架。没钱，上沙老师那里去求。沙老师不含糊，多少不拘，不让他们空着手儿走。可是，为打架或献技去讨教一个招数，或是请给说个“对子”——什么空手夺刀，或虎头钩进枪——沙老师有时说句笑话，马虎过去：“教什么？拿开水浇吧！”有时直接把他们赶出去。他们不大明白沙老师是怎么了，心中也有点不乐意。

可是，他们到处为沙老师吹腾，一来是愿意使人知道他们的武艺有真传授，受过高人的指教；二来是为激动沙老师：万一有人不服气而找上老师来，老师难道还不露一两手真的吗？所以：沙老师一拳就砸倒了个牛！沙老师一脚把人踢到房上去，并没使多大的劲！他们谁也没见过这种事，但是说着说着，他们相信这是真的了，有年月，有地方，千真万确，敢起誓！

---

① 辣饼子，剩下的隔夜干粮。

王三胜——沙子龙的大伙计——在土地庙拉开了场子，摆好了家伙。抹了一鼻子茶叶末色的鼻烟，他抡了几下竹节钢鞭，把场子打大一些。放下鞭，没向四周作揖，叉着腰念了两句："脚踢天下好汉，拳打五路英雄！"向四围扫了一眼："乡亲们，王三胜不是卖艺的；玩意儿会几套，西北路上走过镳，会过绿林中的朋友。现在闲着没事，拉个场子陪诸位玩玩。有爱练的尽管下来，王三胜以武会友，有赏脸的，我陪着。神枪沙子龙是我的师傅；玩意地道！诸位，有愿下来的没有？"他看着，准知道没人敢下来，他的话硬，可是那条钢鞭更硬，十八斤重。

王三胜，大个子，一脸横肉，努着对大黑眼珠，看着四围。大家不出声。他脱了小褂，紧了紧深月白色的"腰里硬"，把肚子杀进去。给手心一口唾沫，抄起大刀来：

"诸位，王三胜先练趟瞧瞧。不白练，练完了，带着的扔几个；没钱，给喊个好，助助威。这儿没生意口。好，上眼[①]！"

大刀靠了身，眼珠努出多高，脸上绷紧，胸脯子鼓出，像两块老桦木根子。一跺脚，刀横起，大红缨子在肩前摆动。削砍劈拨，蹲越闪转，手起风生，忽忽直响。忽然刀在右手心上旋转，身弯下去，四围鸦雀无声，只有缨铃轻叫。

---

① 上眼，请观众注意看。

刀顺过来，猛的一个“踩泥”，身子直挺，比众人高着一头，黑塔似的。收了势：“诸位！”一手持刀，一手叉腰，看着四围。稀稀的扔下几个铜钱，他点点头。“诸位！”他等着，等着，地上依旧是那几个亮而削薄的铜钱，外层的人偷偷散去。他咽了口气：“没人懂！”他低声的说，可是大家全听见了。

“有功夫！”西北角上一个黄胡子老头儿答了话。

“啊？”王三胜好似没听明白。

“我说：你——有——功——夫！”老头子的语气很不得人心。

放下大刀，王三胜随着大家的头往西北看。谁也没看重这个老人：小干巴个儿，披着件粗蓝布大衫，脸上窝窝瘪瘪，眼陷进去很深，嘴上几根细黄胡，肩上扛着条小黄草辫子，有筷子那么细，而绝对不像筷子那么直顺。王三胜可是看出这老家伙有功夫，脑门亮，眼睛亮——眼眶虽深，眼珠可黑得像两口小井，深深的闪着黑光。王三胜不怕：他看得出别人有功夫没有，可更相信自己的本事，他是沙子龙手下的大将。

“下来玩玩，大叔！”王三胜说得很得体。

点点头，老头儿往里走。这一走，四外全笑了。他的胳臂不大动；左脚往前迈，右脚随着拉上来，一步步的往前拉扯，身子整着[①]，像是患过瘫痪病。蹭到场中，把大衫扔在地上，一点没理会四围怎样笑他。

“神枪沙子龙的徒弟，你说？好，让你使枪吧；我呢？”老头子非常的干脆，很像久想动手。

人们全回来了，邻场耍狗熊的无论怎么敲锣也不中用了。

“三截棍进枪吧？”王三胜要看老头子一手，三截棍不是随便就拿得起来的家伙。

老头子又点点头，拾起家伙来。

王三胜努着眼，抖着枪，脸上十分难看。

老头子的黑眼珠更深更小了，像两个香火头，随着面前的枪尖儿转，王三胜忽然觉得不舒服，那俩黑眼珠似乎要把枪尖吸进去！四外已围得风雨不透，大家都觉出老头子确是有威。为躲那对眼睛，王三胜耍了个枪花。老头子的黄胡子一动：“请！”王三胜一扣枪，向前躬步，枪尖奔了老头子的喉头去，枪缨打了一个红旋。老人的身子忽然活展了，将身微偏，让过枪尖，前把一挂，后把撩王三胜的手。啪，啪，两响，王三胜的枪撒了手。场外叫了好。王三胜连脸带胸口全紫了，抄起枪来；一个花子，连枪带人滚了过来，枪尖奔了老人的中部。老头子的眼亮得发着黑光；腿轻轻一屈，下

① 身子整着，两臂不动，身体僵硬地走路。

把掩裆，上把打着刚要抽回的枪杆；啪，枪又落在地上。

场外又是一片彩声。王三胜流了汗，不再去拾枪，努着眼，木在那里。老头子扔下家伙，拾起大衫，还是拉拉着腿，可是走得很快了。大衫搭在臂上，他过来拍了王三胜一下："还得练哪，伙计！"

"别走！"王三胜擦着汗，"你不离，姓王的服了！可有一样，你敢会会沙老师？"

"就是为会他才来的！"老头子的干巴脸上皱起点来，似乎是笑呢，"走；收了吧；晚饭我请！"

王三胜把兵器拢在一处，寄放在变戏法二麻子那里，陪着老头子往庙外走。后面跟着不少人，他把他们骂散了。

"你老贵姓？"他问。

"姓孙哪。"老头子的话与人一样，都那么干巴，"爱练；久想会会沙子龙。"

沙子龙不把你打扁了！王三胜心里说。他脚底下加了劲，可是没把孙老头落下。他看出来，老头子的腿是老走着查拳门中的连跳步；交起手来，必定很快。但是，无论他怎么快，沙子龙是没对手的。准知道孙老头要吃亏，他心中痛快了些，放慢了些脚步。

"孙大叔贵处？"

"河间的，小地方。"孙老者也和气了些，"月棍年刀一辈子枪，不容易见功夫！说真的，你那两手就不坏！"

王三胜头上的汗又回来了，没言语。

到了客栈，他心中直跳，唯恐沙老师不在家，他急于报仇。他知道老师不爱管这种事，师弟们已碰过不少回钉子，可是他相信这回必定行，他是大伙计，不比那些毛孩子；再说，人家在庙会上点名叫阵，沙老师还能丢这个脸吗？

“三胜，”沙子龙正在床上看着本《封神榜》，“有事吗？”

三胜的脸又紫了，嘴唇动着，说不出话来。

沙子龙坐起来：“怎么了，三胜？”

“栽了跟头！”

只打了个不甚长的哈欠，沙老师没别的表示。

王三胜心中不平，但是不敢发作；他得激动老师：“姓孙的一个老头儿，门外等着老师呢；把我的枪，枪，打掉了两次！”他知道“枪”字在老师心中有多大分量。没等吩咐，他慌忙跑出去。

客人进来，沙子龙在外间屋等着呢。彼此拱手坐下，他叫三胜去泡茶。三胜希望两个老人立刻交了手，可是不能不沏茶去。孙老者没话讲，用深藏着的眼睛打量沙子龙。沙很客气：

“要是三胜得罪了你，不用理他，年纪还轻。”

孙老者有些失望，可也看出沙子龙的精明。他不知怎样好了，不能拿一个人的精明断定他的武艺。“我来领教领教枪法！”他不由地说出来。

沙子龙没接碴儿。王三胜提着茶壶走进来——急于看二人动手，他没管水开了没有，就沏在壶中。

“三胜，”沙子龙拿起个茶碗来，“去找小顺们去，天汇见，陪孙老者吃饭。”

“什么！”王三胜的眼珠几乎掉出来。看了看沙老师的脸，他敢怒而不敢言地说了声“是啦”，走出去，噘着大嘴。

“教徒弟不易！”孙老者说。

“我没收过徒弟。走吧，这个水不开！茶馆去喝，喝饿了就吃。”沙子龙从桌子上拿起缎子褡裢，一头装着鼻烟壶，一头装着点钱，挂在腰带上。

“不，我还不饿！”孙老者很坚决，两个“不”字把小辫从肩上抡到后边去。

“说会子话儿。”

“我来为领教领教枪法。”

“功夫早搁下了，”沙子龙指着身上，“已经放了肉！”

“这么办也行，”孙老者深深的看了沙老师一眼，“不比武，教给我那趟五虎断魂枪。”

“五虎断魂枪？”沙子龙笑了，“早忘干净了！早忘干净了！告诉你，在我这儿住几天，咱们各处逛逛，临走，多少送点盘缠。”

“我不逛，也用不着钱，我来学艺！”孙老者立起来，“我练趟给你看看，看够得上学艺不够！”一屈腰已到了院中，把楼鸽都吓飞起去。拉开架子，他打了趟查拳：腿快，手飘洒，一个飞脚起去，小辫儿飘在空中，像从天上落下来一个风筝；快之中，每个架子都摆得稳、准，利落；来回六趟，把院子满都打到，走得圆，接得紧，身子在一处，而精神贯串到四面八方。抱拳收势，身儿缩紧，好似满院乱飞的燕子忽然归了巢。

“好！好！”沙子龙在台阶上点着头喊。

“教给我那趟枪！”孙老者抱了抱拳。

沙子龙下了台阶，也抱着拳：“孙老者，说真的吧，那条枪和那套枪都跟我入棺材，一齐入棺材！”

“不传？”

“不传！”

孙老者的胡子嘴动了半天，没说出什么来。到屋里抄起蓝布大衫，拉拉着腿：“打搅了，再会！”

“吃过饭走！”沙子龙说。

孙老者没言语。

沙子龙把客人送到小门，然后回到屋中，对着墙角立着的大枪点了点头。

他独自上了天汇，怕是王三胜们在那里等着。他们都没有去。

王三胜和小顺们都不敢再到土地庙去卖艺，大家谁也不再为沙子龙吹胜；反之，他们说沙子龙栽了跟头，不敢和个老头儿动手；那个老头子一脚能踢死个牛。不要说王三胜输给他，沙子龙也不是他的对手。不过呢，王三胜到底和老头子见了个高低，而沙子龙连句硬话也没敢说。“神枪沙子龙”慢慢似乎被人们忘了。

夜静人稀，沙子龙关好了小门，一气把六十四枪刺下来；而后，拄着枪，望着天上的群星，想起当年在野店荒林的威风。叹一口气，用手指慢慢摸着凉滑的枪身，又微微一笑：“不传！不传！”

微 神

清明已过了，大概是；海棠花不是都快开齐了吗？今年的节气自然是晚了一些，蝴蝶们还很弱；蜂儿可是一出世就那么挺拔，好像世界确是甜蜜可喜的。天上只有三四块不大也不笨重的白云，燕儿们给白云上钉小黑丁字玩呢。没有什么风，可是柳枝似乎故意的轻摆，像逗弄着四外的绿意。田中的清绿轻轻的上了小山，因为娇弱怕累得慌，似乎是，越高绿色越浅了些；山顶上还是些黄多于绿的纹缕呢。山腰中的树，就是不绿的也显出柔嫩来，山后的蓝天也是暖和的，不然，大雁们为何唱着向那边排着队去呢？石凹藏着些怪害羞的三月兰，叶儿还赶不上花朵大。

小山的香味只能闭着眼吸取，省得劳神去找香气的来源，你看，连去年的落叶都怪好闻的。那边有几只小白山羊，叫的声儿恰巧使欣喜不至过度，因为有些悲意。偶尔走过一只来，没长犄角就留下须的小动物，向一块大石发了会儿愣，又颠颠着俏式的小尾巴跑了。

我在山坡上晒太阳，一点思念也没有，可是自然而然的从心中滴下些诗的珠子，滴在胸中的绿海上，没有声响，只有些波纹走不到腮上便散了的微笑；可是始终也没成功一整句。一个诗的宇宙里，连我自己好似只是诗的什么地方的一个小符号。

越晒越轻松，我体会出蝶翅是怎样的欢欣。我搂着膝，和柳枝同一律动前后左右的微动，柳树上每一黄绿的小叶都是听着春声的小耳勺儿。有时看看天空，啊，谢谢那块白云，它的边上还有个小燕呢，小得已经快和蓝天化在一处了，像万顷蓝光中的一粒黑痣，我的心灵像要往那儿飞似的。

远处山坡的小道，像地图上绿的省份里·条黄线。往下看，一大片麦田，地势越来越低，似乎是由山坡上往那边流动呢，直到一片暗绿的松树把它截住，很希望松林那边是个海湾。及至我立起来，往更高处走了几步，看看，不是；那边是些看不甚清的树，树中有些低矮的村舍；一阵小风吹来极细的一声鸡叫。

春晴的远处鸡声有些悲惨，使我不晓得眼前一切是真还是虚，它是梦与真实中间的一道用声音作的金线；我顿时似乎看见了个血红的鸡冠：在心中，村舍中，或是哪儿，有只——希望是雪白的——公鸡。

我又坐下了；不，随便的躺下了。眼留着个小缝收取天上的蓝光，越看越深，越高；同时也往下落着光暖的蓝点，落在我那离心不远的眼睛上。不大一会儿，我便闭上了眼，看着心内的晴空与笑意。

我没睡去，我知道已离梦境不远，但是还听得清清楚楚小鸟的相唤与轻歌。说也奇怪，每逢到似睡非睡的时候，我才看见那块地方——不晓得一定是哪里，可是在入梦以前它老是那个样儿浮在眼前。就管它叫作梦的前方吧。

这块地方并没有多大，没有山，没有海。像一个花园，可又没有清楚的界限。差不多是个不甚规则的三角，三个尖端浸在流动的黑暗里。一角上——我永远先看见它——是一片金黄与大红的花，密密层层；没有阳光，一片红黄的后面便全是黑暗，可是黑的背景使红黄更加深厚，就好像大黑瓶上画着红牡丹，深厚得至于使美中有一点点恐怖。黑暗的背景，我明白了，使红黄的一片抱住了自己的彩色，不向四外走射一点；况且没有阳光，彩色不飞入空中，而完全贴染在地上。我老先看见这块，一看见它，其余的便不看也会知道的，正好像一看见香山，准知道碧云寺在那儿藏着呢。

其余的两角，左边是一个斜长的土坡，满盖着灰紫的野花，在不漂亮中有些深厚的力量，或者月光能使那灰的部分多一些银色，显出点诗的灵空；但是我不记得在哪儿有个小月亮。无论怎样，我也不厌恶它。不，我爱这个似乎被霜弄暗了的紫色，像年轻的母亲穿着暗紫长袍。右边的一角是最漂亮的，一处小草房，门前有一架细蔓的月季，满开着单纯的花，全是浅粉的。

设若我的眼由左向右转，灰紫、红黄、浅粉，像是由秋看到初春，时候倒流；生命不但不是由盛而衰，反倒是以玫瑰作香色双艳的结束。

三角的中间是一片绿草，深绿，软厚，微湿；每一短叶都向上挺着，似乎是听着远处的雨声。没有一点风，没有一个飞动的小虫；一个鬼艳的小世界，活着的只有颜色。

在真实的经验中，我没见过这么个境界。可是它永远存在，在我的梦前。英格兰的深绿，苏格兰的紫草小山，德国黑林的幽晦，或者是它的祖先们，但是谁准知道呢。从赤道附近的浓艳中减去阳光，也有点像它，但是它又没有虹样的蛇与五彩的禽，算了吧，反正我认识它。

我看见它多少多少次了。它和“山高月小，水落石出”，是我心中的一对画屏。可是我没到那个小房里去过。我不是被那些颜色吸引得不动一动，便是由它的草地上恍惚的走入另种色彩的梦境。它是我常遇到的朋友，彼此连姓名都晓得，只是没细细谈过心。我不晓得它的中心是什么颜色的，是含着一点什么神秘的音乐——真希望有点响动！

这次我决定了去探险。

一想就到了月季花下，或也许因为怕听我自己的足音？月季花对于我是有些端阳前后的暗示，我希望在那儿贴着张深黄纸，印着个朱红的判官，在两束香艾的中间。没有。只在我心中听见了声“樱桃”的吆喝。这个地方是太静了。

小房子的门闭着，窗上门上都挡着牙白的帘儿，并没有花影，因为阳光不足。里边什么动静也没有，好像它是寂寞的发源地。轻轻的推开门，静寂与整洁双双的欢迎我进去，是欢迎我；室中的一切是“人”的，假如外面景物是“鬼”的——希望我没用上过于强烈的字。

一大间，用幔帐截成一大一小的两间。幔帐也是牙白的，上面绣着些小蝴蝶。外间只有一条长案，一个小椭圆桌儿，一把椅子，全是暗草色的，没有油饰过。椅上的小垫是浅绿的，桌上有几本书。案上有一盆小松，两方古铜镜，锈色比小松浅些。内间有一个小床，罩着一块快垂到地上的绿毯。床首悬着一个小篮，有些快干的茉莉花。地上铺着一块长方的蒲垫，垫的旁边放着一双绣白花的小绿拖鞋。

我的心跳起来了！我决不是入了复杂而光灿的诗境；平淡朴美是此处的音调，也不是幻景，因为我认识那只绣着白花的小绿拖鞋。

爱情的故事往往是平凡的，正如春雨秋霜那样平凡。可是平凡的人们偏爱在这些平凡的事中找些诗意；那么，想必是世界上多数的事物是更缺乏色彩的；可怜的人们！希望我的故事也有些应有的趣味吧。

没有像那一回那么美的了。我说“那一回”，因为在那一天那一会儿的一切都是美的。她家中的那株海棠花正开成一个大粉白的雪球；沿墙的细竹刚拔出新笋；天上一片娇晴；她的父母都没在家；大白猫在花下酣睡。听见我来了，她像燕儿似的从帘下飞出来；没顾得换鞋，脚下一双小绿拖鞋像两片嫩绿的叶儿。她喜欢得像清早的阳光，腮上的两片苹果比往常红着许多倍，似乎有两颗香红的心在脸上开了两个小井，溢着红润的胭脂泉。那时她还梳着长黑辫。

她父母在家的时候，她只能隔着窗儿望我一望，或是设法在我走去的时节，和我笑一笑。这一次，她就像一个小猫遇上了个好玩的伴儿；我一向不晓得她“能”这样的活泼。在一同往屋中走的工夫，她的肩挨上了我的。我们都才十七岁。我们都没说什么，可是四只眼彼此告诉我们是欣喜到万分。我最爱看她家壁上那张工笔百鸟朝凤；这次，我的眼匀不出工夫来。我看着那双小绿拖鞋；她往后收了收脚，连耳根儿都有点红了；可是仍然笑着。我想问她的功课，没问；想问新生的小猫有全白的没有，没问；心中的问题多了，只是口被一种什么力量给封起来，我知道她也是如此，因为看见她的白润的脖儿直微微的动，似乎要将些不相干的言语咽下去，而真值得一说的又不好意思说。

她在临窗的一个小红木凳上坐着，海棠花影在她半个脸上微动。有时候她微向窗外看看，大概是怕有人进来。及至看清了没人，她脸上的花影都被欢悦给浸渍得红艳了。她的两手交换着轻轻的摸小凳的沿，显着不耐烦，可是欢喜得不耐烦。最后，她深深的看了我一眼，极不愿意而又不得不说的说："走吧！"我自已已忘了自己，只看见，不是听见，两个什么字由她的口中出来；可是在心的深处猜对那两个字的意思，因为我也有点那样的关切。我的心不愿动，我的脑知道非走不可。我的眼盯住了她的。她要低头，还没低下去，便又勇敢的抬起来，故意的，不怕的，羞而不肯羞的，迎着我的眼。直到不约而同的垂下头去，又不约而同的抬起来，又那么看。心似乎已碰着心。

我走，极慢的，她送我到帘外，眼上蒙了一层露水。我走到二门，回了回头，她已赶到海棠花下。我像一个羽毛似的飘荡出去。

以后，再没有这种机会。

有一次，她家中落了，并不使人十分悲伤的丧事。在灯光下我和她说了两句话。她穿着一身孝衣。手放在胸前，摆弄着孝衣的扣带。站得离我很近，几乎能彼此听得见脸上热力的激射，像雨后的禾谷那样带着声儿生长。可是，只说了两句极没有意思的话——口与舌的一些动作：我们的心并没管它们。

我们都二十二岁了，可是五四运动还没降生呢。男女的交际还不是普通的事。我毕业后便作了小学的校长，平生最大的光荣，因为她给了我一封贺信。信笺的末尾——印着一枝梅花——她注了一行：不要回信。我也就没敢写回信。可是我好像心中燃着一束火把，无所不尽其极的整顿学校。我拿办好了学校作为给她的回信；她也在我的梦中给我鼓着得胜的掌——那一对连腕也是玉的手！

提婚是不能想的事。许多许多无意识而有力量的阻碍，像个专以力气自雄的恶虎，站在我们中间。

有一件足以自慰的，我那系在心上的耳朵始终没听到她的定婚消息。还有件比这更好的事，我兼任了一个平民学校的校长，她担任着一点功课。我只希望能时时见到她，不求别的。她呢，她知道怎么躲避我——已经是个二十多岁的大姑娘。她失去了十七八岁时的天真与活泼，可是增加了女子的尊严与神秘。

又过了二年，我上了南洋。到她家辞行的那天，她恰巧没在家。

在外国的几年中，我无从打听她的消息。直接通信是不可能的。间接探问，又不好意思。只好在梦里相会了。说也奇怪，我在梦中的女性永远是“她”。梦境的不同使我有时悲泣，有时狂喜；恋的幻境里也自有一种味道。她，在我的心中，还是十七岁时的样子：小圆脸，眉眼清秀中带着一点媚意。身量不高，处处都那么柔软，走路非常的轻巧。那一条长黑的发辫，造成最动心的一个背影。我也记得她梳起头来的样儿，但是我总梦见那带辫的背影。

回国后，自然先探听她的一切。一切消息都像谣言，她已作了暗娼!

就是这种刺心的消息，也没减少我的热情；不，我反倒更想见她，更想帮助她。我到她家去。已不在那里住，我只由墙外看见那株海棠树的一部分。房子早已卖掉了。

到底我找到她了。她已剪了发，向后梳拢着，在项部有个大绿梳子。穿着一件粉红长袍，袖子仅到肘部，那双臂，已不是那么活软的了。脸上的粉很厚，脑门和眼角都有些褶子。可是她还笑得很好看，虽然一点活泼的气象也没有了。设若把粉和油都去掉，她大概最好也只像个产后的病妇。她始终没正眼看我一次，虽然脸上并没有羞愧的样子，她也说也笑，只是心没在话与笑中，好像完全应酬我。我试着探问她些问题与经济状况，她不大愿意回答。她点着一支香烟，烟很灵通的从鼻孔出来，她把左膝放在右膝上，仰着头看烟的升降变化，极无聊而又显着刚强。我的眼湿了，她不会看不见我的泪，可是她没有任何表示。她不住的看自己的手指甲，又轻轻的向后按头发，似乎她只是为它们活着呢。提到家中的人，她什么也没告诉我。我只好走吧。临出来的时候，我把住址告诉给她——深愿她求我，或是命令我，作点事。她似乎根本没往心里听，一笑，眼看看别处，没有往外送我的意思。她以为我是出去了，其实我是立在门口没动，这么着，她一回头，我们对了眼光。只是那么一擦似的她转过头去。

初恋是青春的第一朵花，不能随便掷弃。我托人给她送了点钱去。留下了，并没有回话。

朋友们看出我的悲苦来，眉头是最会出卖人的。他们善意的给我介绍女友，惨笑的摇首是我的回答。我得等着她。初恋像幼年的宝贝永远是最甜蜜的，不管那个宝贝是一个小布人，还是几块小石子。慢慢的，我开始和几个最知己的朋友谈论她，他们看在我的面上没说她什么，可是假装闹着玩似的暗刺我，他们看我太愚，也就是说她不配一恋。他们越这样，我越顽固。是她打开了我的爱的园门，我得和她走到山穷水尽。怜比爱少着些味道，可是更多着些人情。不久，我托友人向她说明，我愿意娶她。我自己没胆量去。友人回来，带回来她的几声狂笑。她没说别的，只狂笑了一阵。她是笑谁？笑我的愚，很好，多情的人不是每每有些傻气吗？这足以使人得意。笑她自己，那只是因为不好意思哭，过度的悲郁使人狂笑。

愚痴给我些力量，我决定自己去见她。要说的话都详细的编制好，演习了许多次，我告诉自己——只许胜，不许败。她没在家。又去了两次，都没见着。第四次去，屋门里停着小小的一口薄棺材，装着她。她是因打胎而死。

一篮最鲜的玫瑰，瓣上带着我心上的泪，放在她的灵前，结束了我的初恋，开始终生的虚空。为什么她落到这般光景？我不愿再打听。反正她在我心中永远不死。

我正呆看着那小绿拖鞋，我觉得背后的幔帐动了一动。一回头，帐子上绣的小蝴蝶在她的头上飞动呢。她还是十七八岁时的模样，还是那么轻巧，像仙女飞降下来还没十分立稳那样立着。我往后退了一步，似乎是怕一往前凑就能把她吓跑。这一退的工夫，她变了，变成二十多岁的样子。她也往后退了，随退随着脸上加着皱纹。她狂笑起来。我坐在那个小床上。刚坐下，我又起来了，扑过她去，极快；她在这极短的时间内，又变回十七岁时的样子。在一秒钟里我看见她半生的变化，她像是不受时间的拘束。我坐在椅子上，她坐在我的怀中。我自己也恢复了十五六年前脸上的红色，我觉得出。我们就这样坐着，听着彼此心血的潮荡。不知有多么久。最后，我找到声音，唇贴着她的耳边，问：

“你独自住在这里？”

“我不住在这里；我住在这儿。”她指着我的心说。

“始终你没忘了我，那么？”我握紧了她的手。

“被别人吻的时候，我心中看着你!”

“可是你许别人吻你?”我并没有一点妒意。

“爱在心里，唇不会闲着；谁教你不来吻我呢?”

“我不是怕得罪你的父母吗?不是我上了南洋吗?”

她点了点头：“惧怕使你失去一切，隔离使爱的心慌了。”

她告诉了我，她死前的光景。在我出国的那一年，她的母亲死去。她比较的自由了一些。出墙的花枝自会招来蜂蝶，有人便追求她。她还想念着我，可是肉体往往比爱少些忍耐力，爱的花不都是梅花。她接受了一个青年的爱，因为他长得像我。他非常的爱她，可是她还忘不了我，肉体的获得不就是爱的满足，相似的容貌不能代替爱的真形。他疑心了，她承认了她的心是在南洋。他们俩断绝了关系。这时候，她父亲的财产全丢了。她非嫁人不可。她把自己卖给一个阔家公子，为是供给她的父亲。

“你不会去教学挣钱?”我问。

“我只能教小学，那点薪水还不够父亲买烟吃的!”

我们俩都愣起来。我是想：假使我那时候回来，以我的经济能力说，能供给得起她的父亲吗?我还不是大睁白眼的看着她卖身?

“我把爱藏在心中，”她说，“拿肉体挣来的茶饭营养着它。我深恐肉体死了，爱便不存在，其实我是错了；先不用说这个吧。他非常的妒忌，永远跟着我，无论我是干什么。上哪儿去，他老随着我。他找不出我的破绽来，可是觉得出我是不爱他。慢慢的，他由讨厌变为公开的辱骂我，甚至于打我，他逼得我没法不承认我的心是另有所寄。忍无可忍也就顾不及饭碗问题了。他把我赶出来，连一件长衫也没给我留。我呢，父亲照样和我要钱，我自己得吃得穿，而且我一向吃好的穿好的惯了。为满足肉体，还得利用肉体，身体是现成的本钱。凡给我钱的便买去我点筋肉的笑。我很会笑：我照着镜子练习那迷人的笑。环境的不同使人作退一步想，这样零卖，倒是比终日叫那一个阔公子管着强一些。在街上，有多少人指着我的后影叹气，可是我到底是自由的，有时候我与些打扮得不漂亮的女子遇上，我也有些得意。我一共打过四次胎，但是创痛过去便又笑了。

“最初，我颇有一些名气，因为我既是作过富宅的玩物，又能识几个字，新派旧派的人都愿来照顾我。我没工夫去思想，甚至于不想积蓄一点钱，我完全为我的服装香粉活着。今天的漂亮是今天的生活，明天自有明天关照着自己，身体的疲倦，只管眼前的刺激，不顾将来。不久，这种生活也不能维持了。父亲的烟是无底的深坑。打胎需要花许多费用。以前不想剩钱；钱自然不会自己剩下。我连一点无聊的傲气也不敢存了。我得极下贱的去找钱了，有时是明抢。有人指着我的后影叹气，我也回头向他笑一笑了。打一次胎增加两三岁。镜子是不欺人的，我已老丑了。疯狂足以补足衰老。我尽着肉体的所能伺候人们，不然，我没有生意。我敞着门睡着，我是大家的，不是我自己的。一天二十四小时，什么时间也可以买我的身体。我消失在欲海里。在清醒的世界中我并不存在。我的手指算计着钱数。我不思想，只是盘算——怎能多进五毛钱。我不哭，哭不好看。只为钱着急，不管我自己。”

她休息了一会儿，我的泪已滴湿她的衣襟。

“你回来了！”她继续着说，“你也三十多了；我记得你是十七岁的小学生。你的眼已不是那年——多少年了？——看我那双绿拖鞋的眼。可是，你，多少还是你自己，我，早已死了。你可以继续作那初恋的梦，我已无梦可作。我始终一点也不怀疑，我知道你要是回来，必定要我。及至见着你，我自己已找不到我自己，拿什么给你呢？你没回来的时候，我永远不拒绝，不论是对谁说，我是爱你；你回来了，我只好狂笑。单等我落到这样，你才回来，这不是有意戏弄人？假如你永远不回来，我老有个南洋作我的梦景，你老有个我在你的心中，岂不很美？你偏偏回来了，而且回来这样迟——”

“可是来迟了并不就是来不及了。”我插了一句。

“晚了就是来不及了。我杀了自己。”

“什么？”

“我杀了我自己。我命定的只能住在你心中，生存在一首诗里，生死有什么区别？在打胎的时候我自己下了手。有你在我左右，我没法子再笑。不笑，我怎么挣钱？只有一条路，名字叫死。你回来迟了，我别再死迟了：我再晚死一会儿，我便连住在你心中的希望也没有了。我住在这里，这里便是你的心。这里没有阳光，没有声响，只有一些颜色。颜色是更持久的，颜色画成咱们的记忆。看那双小鞋，绿的，是点颜色，你我永远认识它们。”

“但是我也记得那双脚，许我看看吗？”

她笑了，摇摇头。

我很坚决，我握住她的脚，扯下她的袜，露出没有肉的一支白脚骨。

“去吧！”她推了我一把，“从此你我无缘再见了！我愿住在你的心中，现在不行了；我愿在你心中永远是青春。”

太阳已往西斜去；风大了些，也凉了些，东方有些黑云。春光在一个梦中惨淡了许多。我立起来，又看见那片暗绿的松树。立了不知有多久。远处来了些蠕动的小人，随着一些听不甚真的音乐。越来越近了，田中惊起许多白翅的鸟，哀鸣着向山这边飞。我看清了，一群人们匆匆的走，带起一些灰土。三五鼓手在前，几个白衣人在后，最后是一口棺材。春天也要埋人的。撒起一把纸钱，蝴蝶似的落在麦田上。东方的黑云更厚了，柳条的绿色加深了许多，绿得有些凄惨。心中茫然，只想起那双小绿拖鞋，像两片树叶在永生的树上作着春梦。

马裤先生

火车在北平东站还没开，同屋那位睡上铺的穿马裤，戴平光的眼镜，青缎子洋服上身，胸袋插着小楷羊毫，足登青绒快靴的先生发了问："你也是从北平上车？"很和气的。

我倒有点迷了头，火车还没动呢，不从北平上车，难道由——由哪儿呢？我只好反攻了："你从哪儿上车？"很和气的。我希望他说是由汉口或绥远上车，因为果然如此，那么中国火车一定已经是无轨的，可以随便走走；那多么自由！

他没言语。看了看铺位，用尽全身——假如不是全身——的力气喊了声："茶房！"

茶房正忙着给客人搬东西，找铺位。可是听见这么紧急的一声喊，就是有天大的事也得放下，茶房跑来了。

"拿毯子！"马裤先生喊。

“请少待一会儿，先生，”茶房很和气的说，“一开车，马上就给您铺好。”

马裤先生用食指挖了鼻孔一下，别无动作。

茶房刚走开两步。

“茶房！”这次连火车好似都震得直动。

茶房像旋风似的转过身来。

“拿枕头！”马裤先生大概是已经承认毯子可以迟一下，可是枕头总该先拿来。

“先生，请等一等，您等我忙过这会儿去，毯子和枕头就一齐全到。”茶房说得很快，可依然是很和气。

茶房看马裤客人没任何表示，刚转过身去要走，这次火车确是哗啦了半天：“茶房！”

茶房差点吓了个跟头，赶紧转回身来。

“拿茶！”

“先生请略微等一等，一开车茶水就来。”

马裤先生没任何的表示。茶房故意的笑了笑，表示歉意。然后搭讪着慢慢的转身，以免快转又吓个跟头。转好了身，腿刚预备好要走，背后打了个霹雳：“茶房！”

茶房不是假装没听见，便是耳朵已经震聋，竟自没回头，一直的快步走开。

“茶房！茶房！茶房！”马裤先生连喊，一声比一声高：站台上送客的跑过一群来，以为车上失了火，要不然便是出了人命。茶房始终没回头。马裤先生又挖了鼻孔一下，坐在我的床上。刚坐下，“茶房!”茶房还是没来。看着自己的磕膝，脸往下沉，沉到最长的限度，手指一挖鼻孔，脸好似刷的一下又纵回去了。然后，“你坐二等?”这是问我呢。我又毛了，我确是买的二等，难道上错了车?

“你呢?”我问。

“二等。这是二等。二等有卧铺。快开车了吧? 茶房!”

我拿起报纸来。

他站起来，数他自己的行李，一共八件，全堆在另一卧铺上——两个上铺都被他占了。数了两次，又说了话：“你的行李呢?”

我没言语。原来我误会了：他是善意，因为他跟着说：“可恶的茶房，怎么不给你搬行李?”

我非说话不可了：“我没有行李。”

“嗽?”他确是吓了一跳，好像坐车不带行李是大逆不道似的，“早知道，我那四只皮箱也可以不打行李票了!”

这回该轮着我了，“呕?”我心里说，“幸而是如此，不然的话，把四只皮箱也搬进来，还有睡觉的地方啊!”

我对面的铺位也来了客人，他也没有行李，除了手中提着个扁皮夹。

“嗽?”马裤先生又出了声，“早知道你们都没行李，那口棺材也可以不另起票了!”

我决定了。下次旅行一定带行李；真要陪着棺材睡一夜，谁受得了！

茶房从门前走过。

“茶房！拿毛巾把！”

“等等！”茶房似乎下了抵抗的决心。

马裤先生把领带解开，摘下领子来，分别挂在铁钩上：所有的钩子都被占了，他的帽子，大衣，已占了两个。

车开了，他顿时想起买报：“茶房！”

茶房没有来。我把我的报赠给他；我的耳鼓出的主意。

他爬上了上铺，在我的头上脱靴子，并且击打靴底上的土。枕着个手提箱，用我的报纸盖上脸，车还没到永定门，他睡着了。

我心中安坦了许多。

到了丰台，车还没站住，上面出了声：“茶房！”

没等茶房答应，他又睡着了；大概这次是梦话。

过了丰台，茶房拿来两壶热茶。我和对面的客人——一位四十来岁平平无奇的人，脸上的肉还可观——吃茶闲扯。大概还没到廊坊，上面又打了雷：“茶房！”

茶房来了，眉毛拧得好像要把谁吃了才痛快。

“干吗？先——生——”

“拿茶！”上面的雷声响亮。

“这不是两壶？”茶房指着小桌说。

“上边另要一壶!”

“好吧!”茶房退出去。

“茶房!”

茶房的眉毛拧得直往下落毛。

“不要茶，要一壶开水!”

“好啦!”

“茶房!”

我直怕茶房的眉毛脱净!

“拿毯子，拿枕头，打手巾把，拿——”似乎没想起拿什么好。

“先生，您等一等。天津还上客人呢；过了天津我们一总收拾，也耽误不了您睡觉!”

茶房一气说完，扭头就走，好像永远不再想回来。

待了会儿，开水到了，马裤先生又入了梦乡，呼声只比“茶房”小一点。可是匀调，继续不断，有时呼声稍低一点，用咬牙来补上。

“开水，先生!”

“茶房!”

“就在这儿；开水!”

“拿手纸!”

“厕所里有。”

“茶房! 厕所在哪边?”

“哪边都有。”

“茶房!”

“回头见。”

“茶房！茶房！茶房!”

没有应声。

“呼——呼呼——呼”又睡了。

有趣!

到了天津。又上来些旅客。马裤先生醒了，对着壶嘴喝了一气水。又在我头上击打靴底。穿上靴子，溜下来，食指挖了鼻孔一下，看了看外面。“茶房!”

恰巧茶房在门前经过。

“拿毯子!”

“毯子就来。”

马裤先生出去，呆呆的立在走廊中间，专为阻碍来往的旅客与脚夫。忽然用力挖了鼻孔一下，走了。下了车，看看梨，没买；看看报，没买；看看脚行的号衣，更没作用。又上来了，向我招呼了声：“天津，唉?”我没言语。他向自己说：“问问茶房。”紧跟着一个雷，“茶房!”我后悔了，赶紧的说：“是天津，没错儿。”

“总得问问茶房；茶房!”

我笑了，没法再忍住。

车好容易又从天津开走。

刚一开车，茶房给马裤先生拿来头一份毯子枕头和手巾把。马裤先生用手巾把耳鼻孔全钻得到家，这一把手巾擦了至少有一刻钟，最后用手巾擦了擦手提箱上的土。

我给他数着，从老站到总站的十来分钟之间，他又喊了四五十声茶房。茶房只来了一次，他的问题是，火车向哪面走呢？茶房的回答是不知道。于是又引起他的建议，车上总该有人知道，茶房应当负责去问。茶房说，连驶车的也不晓得东西南北。于是他几乎变了颜色，万一车走迷了路？茶房没再回答，可是又掉了几根眉毛。

他又睡了，这次是在头上摔了摔袜子，可是一口痰并没往下唾，而是照顾了车顶。

我睡不着是当然的，我早已看清，除非有一对“避呼耳套”，当然不能睡着。可怜的是别屋的人，他们并没预备来熬夜，可是在这种带钩的呼声下，还只好是白瞪眼一夜。

我的目的地是德州，天将亮就到了。谢天谢地！

车在此处停半点钟，我雇好车，进了城，还清清楚楚的听见“茶房”。

一个多礼拜了，我还惦记着茶房的眉毛呢。

戏　剧

我爱咱们的国呀，可是谁爱我呢？

茶　馆（三幕剧）

人物表

王利发——男，最初与我们见面，他才二十多岁。因父亲早死，他很年轻就作了裕泰茶馆的掌柜。精明、有些自私，而心眼不坏。

唐铁嘴——男，三十来岁。相面为生，吸鸦片。

松二爷——男，三十来岁。胆小而爱说话。

常四爷——男，三十来岁。松二爷的好友，都是裕泰的主顾。正直，体格好。

李　三——男，三十多岁。裕泰的跑堂的。勤恳，心眼好。

二德子——男，二十多岁。善扑营当差。

马五爷——男，三十多岁。吃洋教的小恶霸。

刘麻子——男，三十来岁。说媒拉纤，心狠意毒。

康　六——男，四十岁。京郊贫农。

黄胖子——男，四十多岁。流氓头子。

秦仲义——男，王掌柜的房东。在第一幕里二十多岁。阔少，后来成了维新的资本家。

老　人——男，八十二岁。无依无靠。

乡　妇——女，三十多岁。穷得出卖小女儿。

小　妞——女，十岁。乡妇的女儿。

庞太监——男，四十岁。发财之后，想娶老婆。

小牛儿——男，十多岁。庞太监的书童。

宋恩子——男，二十多岁。老式特务。

吴祥子——男，二十多岁。宋恩子的同事。

康顺子——女，在第一幕中十五岁。康六的女儿。被卖给庞太监为妻。

王淑芬——女，四十来岁。王利发掌柜的妻。比丈夫更公平正直些。

巡　警——男，二十多岁。

报　童——男，十六岁。

康大力——男，十二岁。庞太监买来的义子，后与康顺子相依为命。

老　林——男，三十多岁。逃兵。

老　陈——男，三十岁。逃兵。林的把弟。

崔久峰——男，四十多岁。作过国会议员，后来修道，住在裕泰附设的公寓里。

军　官——男，三十岁。

王大拴——男，四十岁左右，王掌柜的长子。为人正直。

周秀花——女，四十岁。大拴的妻。

王小花——女，十三岁。大拴的女儿。

丁　宝——女，十七岁。女招待。有胆有识。

小刘麻子——男，三十多岁。刘麻子之子，继承父业而发展之。

取电灯费的——男，四十多岁。

小唐铁嘴——男，三十多岁。唐铁嘴之子，继承父业，有作天师的希望。

明师傅——男，五十多岁。包办酒席的厨师傅。

邹福远——男，四十多岁。说评书的名手。

卫福喜——男，三十多岁。邹的师弟，先说评书，后改唱京戏。

方　六——男，四十多岁。打小鼓的，奸诈。

车当当——男，三十岁左右。买卖现洋为生。

庞四奶奶——女，四十岁。丑恶，要作皇后。庞太监的四侄媳妇。

春　梅——女，十九岁。庞四奶奶的丫环。

老　杨——男，三十多岁。卖杂货的。

小二德子——男，三十岁。二德子之子，打手。

于厚斋——男，四十多岁。小学教员，王小花的老师。

谢勇仁——男，三十多岁。与于厚斋同事。

小宋恩子——男，三十来岁。宋恩子之子，承袭父业，作特务。

小吴祥子——男，三十来岁。吴祥子之子，世袭特务。

小心眼——女，十九岁。女招待。

沈处长——男，四十岁。宪兵司令部某处处长。

茶客若干人，都是男的。

茶房一两个，都是男的。

难民数人，有男有女，有老有少。

大兵三五人，都是男的。

公寓住客数人，都是男的。

押大令的兵七人，都是男的。

宪兵四人，男。

傻　杨——男，数来宝的。

第一幕

人　物　王利发　刘麻子　庞太监　唐铁嘴　康　六
小牛儿　松二爷　黄胖子　宋恩子　常四爷
秦仲义　吴祥子　李　三　老　人　康顺子

二德子　乡　妇　茶客甲、乙、丙、丁

马五爷　小　妞　茶房一二人

时　间　一八九八年（戊戌）初秋，康梁等的维新运动失败了。早半天。

地　点　北京，裕泰大茶馆。

〔幕启：这种大茶馆现在已经不见了。在几十年前，每城都起码有一处。这里卖茶，也卖简单的点心与饭菜。玩鸟的人们，每天在遛够了画眉、黄鸟等之后，要到这里歇歇腿，喝喝茶，并使鸟儿表演歌唱。商议事情的，说媒拉纤的，也到这里来。那年月，时常有打群架的，但是总会有朋友出头给双方调解；三五十口子打手，经调人东说西说，便都喝碗茶，吃碗烂肉面（大茶馆特殊的食品，价钱便宜，作起来快当），就可以化干戈为玉帛了。总之，这是当日非常重要的地方，有事无事都可以来坐半天。

〔在这里，可以听到最荒唐的新闻，如某处的大蜘蛛怎么成了精，受到雷击。奇怪的意见也在这里可以听到，像把海边上都修上大墙，就足以挡住洋兵上岸。这里还可以听到某京戏演员新近创造了什么腔儿，和煎熬鸦片烟的最好的方法。这里也可以看到某人新得到的奇珍——一个出土的玉扇坠儿，或三彩的鼻烟壶。这真是个重要的地方，简直可以算作文化交流的所在。

〔我们现在就要看见这样的一座茶馆。

〔一进门是柜台与炉灶——为省点事，我们的舞台上可以不要炉灶；有些锅勺的响声也就够了。屋子非常高大，摆着长桌与方桌，长凳与小凳，都是茶座儿。隔窗可见后院，高搭着凉棚，棚下也有茶座儿。屋里和凉棚下都有挂鸟笼的地方。各处都贴着“莫谈国事”的纸条。

〔有两位茶客，不知姓名，正眯着眼，摇着头，拍板低唱。有两三位茶客，也不知姓名，正入神地欣赏瓦罐里的蟋蟀。两位穿灰色大衫的，宋恩子与吴祥子，正低声地谈话，看样子他们是北衙门的办案的（侦缉）。

〔今天又有一起打群架的，据说是为了争一只家鸽，惹起非用武力解决不可的纠纷。假若真打起来，非出人命不可，因为被约的打手中包括着善扑营的哥儿们和库兵，身手都十分厉害。好在，不能真打起来，因为在双方还没把打手约齐，已有人出面调停了——现在双方在这里会面。三三两两的打手，都横眉立目，短打扮，随时进来，往后院去。

〔马五爷在不惹人注意的角落，独自坐着喝茶。

〔王利发高高地坐在柜台里。

〔唐铁嘴趿拉着鞋，身穿一件极长极脏的大布衫，耳上夹着几张小纸片，进来。

王利发　唐先生，你外边蹓蹓吧！

唐铁嘴　（惨笑）王掌柜，捧捧唐铁嘴吧！送给我碗茶喝，我就先给您相相面吧！手相奉送，不取分文！（不容分说，拉过王利发的手来）今年是光绪二十四年，戊戌。您贵庚是……

王利发　（夺回手去）算了吧，我送给你一碗茶喝，你就甭卖那套生意口啦！用不着相面，咱们既在江湖内，都是苦命人！（由柜台内走出，让唐铁嘴坐下）坐下！我告诉你，你要是不戒了大烟，就永远交不了好运！这是我的相法，比你的更灵验！

〔松二爷和常四爷都提着鸟笼进来，王利发向他们打招呼。他们先把鸟笼子挂好，找地方坐下。松二爷文绉绉的，提着小黄鸟笼；常四爷雄赳赳的，提着大而高的画眉笼。茶房李三赶紧过来，沏上盖碗茶。他们自带茶叶。茶沏好，松二爷、常四爷向邻近的茶座让了让。

松二爷
常四爷　您喝这个！（然后，往后院看了看）

松二爷　好像又有事儿？

常四爷　反正打不起来！要真打的话，早到城外头去啦；到茶馆来干吗？

〔二德子，一位打手，恰好进来，听见了常四爷的话。

二德子　（凑过去）你这是对谁甩闲话呢？

常四爷　（不肯示弱）你问我哪？花钱喝茶，难道还教谁管着吗？

松二爷　（打量了二德子一番）我说这位爷，您是营里当差的吧？来，坐下喝一碗，我们也都是外场人。

二德子　你管我当差不当差呢！

常四爷　要抖威风，跟洋人干去，洋人厉害！英法联军烧了圆明园，尊家吃着官饷，可没见您去冲锋打仗！

二德子　甭说打洋人不打，我先管教管教你！（要动手）

〔别的茶客依旧进行他们自己的事。王利发急忙跑过来。

王利发　哥儿们，都是街面上的朋友，有话好说。德爷，您后边坐！

〔二德子不听王利发的话，一下子把一个盖碗搂下桌去，摔碎。翻手要抓常四爷的脖领。

常四爷　（闪过）你要怎么着？

二德子　怎么着？我碰不了洋人，还碰不了你吗？

马五爷　（并未立起）二德子，你威风啊！

二德子　（四下扫视，看到马五爷）喝，马五爷，您在这儿哪？我可眼拙，没看见您！（过去请安）

马五爷　有什么事好好地说，干吗动不动地就讲打？

二德子　嗻！您说得对！我到后头坐坐去。李三，这儿的茶钱我候啦！（往后面走去）

常四爷　（凑过来，要对马五爷发牢骚）这位爷，您圣明，您给评评理！

马五爷　（立起来）我还有事，再见！（走出去）

常四爷　（对王利发）邪！这倒是个怪人！

王利发　您不知道这是马五爷呀？怪不得您也得罪了他！

常四爷　我也得罪了他？我今天出门没挑好日子！

王利发　（低声地）刚才您说洋人怎样，他就是吃洋饭的。信洋教，说洋话，有事情可以一直地找宛平县的县太爷去，要不怎么连官面上都不惹他呢！

常四爷　（往原处走）哼，我就不佩服吃洋饭的！

王利发　（向宋恩子、吴祥子那边稍一歪头，低声地）说话请留点神！（大声地）李三，再给这儿沏一碗来！（拾起地上的碎磁片）

松二爷　盖碗多少钱？我赔！外场人不作老娘们事！

王利发　不忙，待会儿再算吧！（走开）

〔纤手刘麻子领着康六进来。刘麻子先向松二爷、常四爷打招呼。

刘麻子　您二位真早班儿！（掏出鼻烟壶，倒烟）您试试这个！刚装来的，地道英国造，又细又纯！

常四爷　唉！连鼻烟也得从外洋来！这得往外流多少银子啊！

刘麻子　咱们大清国有的是金山银山，永远花不完！您坐着，我办点小事！（领康六找了个座儿）

〔李三拿过一碗茶来。

刘麻子　说说吧，十两银子行不行？你说干脆的！我忙，没工夫专伺候你！

康　六　刘爷！十五岁的大姑娘，就值十两银子吗？

刘麻子　卖到窑子去，也许多拿两儿八钱的，可是你又不肯！

康　六　那是我的亲女儿！我能够……

刘麻子　有女儿，你可养活不起，这怪谁呢？

康　六　那不是因为乡下种地的都没法子混了吗？一家大小要是一天能吃上一顿粥，我要还想卖女儿，我就不是人！

刘麻子　那是你们乡下的事，我管不着。我受你之托，教你不吃亏，又教你女儿有个吃饱饭的地方，这还不好吗？

康　六　到底给谁呢？

刘麻子　我一说，你必定从心眼里乐意！一位在宫里当差的！

康　六　宫里当差的谁要个乡下丫头呢？

刘麻子　那不是你女儿的命好吗？

康　六　谁呢？

刘麻子　庞总管！你也听说过庞总管吧？伺候着太后，红得不得了，连家里打醋的瓶子都是玛瑙作的！

康　六　刘大爷，把女儿给太监作老婆，我怎么对得起人呢？

刘麻子　卖女儿，无论怎么卖，也对不起女儿！你糊涂！你看，姑娘一过门，吃的是珍馐美味，穿的是绫罗绸缎，这不是造化吗？怎样，摇头不算点头算，来个干脆的！

康　六　自古以来，哪有……他就给十两银子？

刘麻子　找遍了你们全村儿，找得出十两银子找不出？在乡下，五斤白面就换个孩子，你不是不知道！

康　六　我，唉！我得跟姑娘商量一下！

刘麻子　告诉你，过了这个村可没有这个店，耽误了事别怨我！快去快来！

康　六　唉！我一会儿就回来！

刘麻子　我在这儿等着你！

康　六　（慢慢地走出去）

刘麻子　（凑到松二爷、常四爷这边来）乡下人真难办事，永远没有个痛痛快快！

松二爷　这号生意又不小吧？

刘麻子　也甜不到哪儿去，弄好了，赚个元宝！

常四爷　乡下是怎么了？会弄得这么卖儿卖女的！

刘麻子　谁知道！要不怎么说，就是一条狗也得托生在北京城里嘛！

常四爷　刘爷，您可真有个狠劲儿，给拉拢这路事！

刘麻子　我要不分心，他们还许找不到买主呢！（忙岔话）松二爷（掏出个小时表来），您看这个！

松二爷　（接表）好体面的小表！

刘麻子　您听听，嘎登嘎登地响！

松二爷　（听）这得多少钱？

刘麻子　您爱吗？就让给您！一句话，五两银子！您玩够了，不爱再要了，我还照数退钱！东西真地道，传家的玩意！

常四爷　我这儿正咂摸这个味儿：咱俩一个人身上有多少洋玩意儿啊！老刘，就看你身上吧：洋鼻烟，洋表，洋缎大衫，洋布裤褂……

刘麻子　洋东西可是真漂亮呢！我要是穿一身土布，像个乡下脑颏，谁还理我呀！

常四爷　我老觉乎着咱们的大缎子，川绸，更体面！

刘麻子　松二爷，留下这个表吧，这年月，戴着这么好的洋表，会教人另眼看待！是不是这么说，您哪？

松二爷　（真爱表，但又嫌贵）我……

刘麻子　您先戴两天，改日再给钱！

〔黄胖子进来。

黄胖子　（严重的沙眼，看不清楚，进门就请安）哥儿们，都瞧我啦！我请安了！都是自己弟兄，别伤了和气呀！

王利发　这不是他们，他们在后院哪！

黄胖子　我看不大清楚啊！掌柜的，预备烂肉面，有我黄胖子，谁也打不起来！（往里走）

二德子　（出来迎接）两边已经见了面，您快来吧！

〔二德子同黄胖子入内。

〔茶房们一趟又一趟地往后面送茶水。老人进来，拿着些牙签、胡梳、耳挖勺之类的小东西，低着头慢慢地挨着茶座儿走；没人买他的东西。他要往后院去，被李三截住。

李　三　老大爷，您外边蹓蹓吧！后院里，人家正说和事呢，没人买您的东西！（顺手儿把剩茶递给老人一碗）

松二爷　（低声地）李三！（指后院）他们到底为了什么事，要这么拿刀动杖的？

李　三　（低声地）听说是为一只鸽子。张宅的鸽子飞到了李宅去，李宅不肯交还……唉，咱们还是少说话好，（问老人）老大爷您高寿啦？

老　人　（喝了茶）多谢！八十二了，没人管！这年月呀，人还不如一只鸽子呢！唉！（慢慢走出去）

〔秦仲义，穿得很讲究，满面春风，走进来。

王利发　哎哟！秦二爷，您怎么这样闲在，会想起下茶馆来了？也没带个底下人？

秦仲义　来看看，看看你这年轻小伙子会作生意不会！

王利发　唉，一边作一边学吧，指着这个吃饭嘛。谁叫我爸爸死得早，我不干不行啊！好在照顾主儿都是我父亲的老朋友，我有不周到的地方，都肯包涵，闭闭眼就过去了。在街面上混饭吃，人缘儿顶要紧。我按着我父亲遗留下的老办法，多说好话，多请安，讨人人的喜欢，就不会出大岔子！您坐下，我给您沏碗小叶茶去！

秦仲义　我不喝！也不坐着！

王利发　坐一坐！有您在我这儿坐坐，我脸上有光！

秦仲义　也好吧！（坐）可是，用不着奉承我！

王利发　李三，沏一碗高的来！二爷，府上都好？您的事情都顺心吧？

秦仲义　不怎么太好！

王利发　您怕什么呢？那么多的买卖，您的小手指头都比我的腰还粗！

唐铁嘴　（凑过来）这位爷好相貌，真是天庭饱满，地阁方圆，虽无宰相之权，而有陶朱之富！

秦仲义　躲开我！去！

王利发　先生，你喝够了茶，该外边活动活动去！（把唐铁嘴轻轻推开）

唐铁嘴　唉！（垂头走出去）

秦仲义　小王，这儿的房租是不是得往上提那么一提呢？当年你爸爸给我的那点租钱，还不够我喝茶用的呢！

王利发　二爷，您说得对，太对了！可是，这点小事用不着您分心，您派管事的来一趟，我跟他商量，该长多少租钱，我一定照办！是！嗻！

秦仲义　你这小子，比你爸爸还滑！哼，等着吧，早晚我把房子收回去！

王利发　您甭吓唬着我玩，我知道您多么照应我、心疼我，决不会叫我挑着大茶壶，到街上卖热茶去！

秦仲义　你等着瞧吧！

〔乡妇拉着个十来岁的小妞进来。小妞的头上插着一根草标。李三本想不许她们往前走，可是心中一难过，没管。她们俩慢慢地往里走。茶客们忽然都停止说笑，看着她们。

小　妞　（走到屋子中间，立住）妈，我饿！我饿！

〔乡妇呆视着小妞，忽然腿一软，坐在地上，掩面低泣。

秦仲义　（对王利发）轰出去！

王利发　是！出去吧，这里坐不住！

乡　妇　哪位行行好？要这个孩子，二两银子！

常四爷　李三，要两个烂肉面，带她们到门外吃去！

李　三　是啦！（过去对乡妇）起来，门口等着去，我给你们端面来！

乡　妇　（立起，抹泪往外走，好像忘了孩子；走了两步，又转回身来，搂住小妞，吻她）宝贝！宝贝！

王利发　快着点吧！

〔乡妇、小妞走出去。李三随后端出两碗面去。

王利发　（过来）常四爷，您是积德行好，赏给她们面吃！可是，我告诉您：这路事儿太多了，太多了！谁也管不了！（对秦仲义）二爷，您看我说得对不对？

常四爷　（对松二爷）二爷，我看哪，大清国要完！

秦仲义　（老气横秋地）完不完，并不在乎有人给穷人们一碗面吃没有。小王，说真的，我真想收回这里的房子！

王利发　您别那么办哪，二爷！

秦仲义　我不但收回房子，而且把乡下的地，城里的买卖也都卖了！

王利发　那为什么呢？

秦仲义　把本钱拢到一块儿，开工厂！

王利发　开工厂？

秦仲义　嗯，顶大顶大的工厂！那才救得了穷人，那才能抵制外货，那才能救国！（对王利发说而眼看着常四爷）唉，我跟你说这些干什么，你不懂！

王利发　您就专为别人，把财产都出手，不顾自己了吗？

秦仲义　你不懂！只有那么办，国家才能富强！好啦，我该走啦。我亲眼看见了，你的生意不错，你甭再要无赖，不长房钱！

王利发　您等等，我给您叫车去！

秦仲义　用不着，我愿意溜达溜达！

〔秦仲义往外走，王利发送。

〔小牛儿搀着庞太监走进来。小牛儿提着水烟袋。

庞太监　哟！秦二爷！

秦仲义　庞老爷！这两天您心里安顿了吧？

庞太监　那还用说吗？天下太平了：圣旨下来，谭嗣同问斩！告诉您，谁敢改祖宗的章程，谁就掉脑袋！

秦仲义　我早就知道！

〔茶客们忽然全静寂起来，几乎是闭住呼吸地听着。

庞太监　您聪明，二爷，要不然您怎么发财呢！

秦仲义　我那点财产，不值一提！

庞太监　太客气了吧？您看，全北京城谁不知道秦二爷！您比作官的还厉害呢！听说呀，好些财主都讲维新！

秦仲义　不能这么说，我那点威风在您的面前可就施展不出来了！哈哈哈！

庞太监　说得好，咱们就八仙过海，各显其能吧！哈哈哈！

秦仲义　改天过去给您请安，再见！（下）

庞太监　（自言自语）哼，凭这么个小财主也敢跟我逗嘴皮子，年头真是改了！（问王利发）刘麻子在这儿哪？

王利发　总管，您里边歇着吧！

〔刘麻子早已看见庞太监，但不敢靠近，怕打搅了庞太监、秦仲义的谈话。

刘麻子　喝，我的老爷子！您吉祥！我等了您好大半天了！（搀庞太监往里面走）

〔宋恩子、吴祥子过来请安，庞太监对他们耳语。

〔众茶客静默一阵之后，开始议论纷纷。

茶客甲　谭嗣同是谁？

茶客乙　好像听说过！反正犯了大罪，要不，怎么会问斩呀！

茶客丙　这两三个月了，有些作官的，念书的，乱折腾乱闹，咱们怎能知道他们捣的什么鬼呀！

茶客丁　得！不管怎么说，我的铁杆庄稼又保住了！姓谭的，还有那个康有为，不是说叫旗兵不关钱粮，去自谋生计吗？心眼多毒！

茶客丙 一份钱粮倒叫上头克扣去一大半，咱们也不好过！

茶客丁 那总比没有强啊！好死不如赖活着，叫我去自己谋生，非死不可！

王利发 诸位主顾，咱们还是莫谈国事吧！

〔大家安静下来，都又各谈各的事。

庞太监 （已坐下）怎么说？一个乡下丫头，要二百银子？

刘麻子 （侍立）乡下人，可长得俊呀！带进城来，好好地一打扮、调教，准保是又好看，又有规矩！我给您办事，比给我亲爸爸作事都更尽心，一丝一毫不能马虎！

〔唐铁嘴又回来了。

王利发 铁嘴，你怎么又回来了？

唐铁嘴 街上兵荒马乱的，不知道是怎么回事！

庞太监 还能不搜查搜查谭嗣同的余党吗？唐铁嘴，你放心，没人抓你！

唐铁嘴 嗻，总管，您要能赏给我几个烟泡儿，我可就更有出息了！

〔有几个茶客好像预感到什么灾祸，一个个往外蹓。

松二爷 咱们也该走啦吧！天不早啦！

常四爷 嗻！走吧！

〔二灰衣人——宋恩子和吴祥子走过来。

宋恩子　等等！

常四爷　怎么啦？

宋恩子　刚才你说“大清国要完”？

常四爷　我，我爱大清国，怕它完了！

吴祥子　（对松二爷）你听见了？他是这么说的吗？

松二爷　哥儿们，我们天天在这儿喝茶。王掌柜知道：我们都是地道老好人！

吴祥子　问你听见了没有？

松二爷　那，有话好说，二位请坐！

宋恩子　你不说，连你也锁了走！他说“大清国要完”，就是跟谭嗣同一党！

松二爷　我，我听见了，他是说……

宋恩子　（对常四爷）走！

常四爷　上哪儿？事情要交代明白了啊！

宋恩子　你还想拒捕吗？我这儿可带着“王法”呢！（掏出腰中带着的铁链子）

常四爷　告诉你们，我可是旗人！

吴祥子　旗人当汉奸，罪加一等！锁上他！

常四爷　甭锁，我跑不了！

宋恩子　谅你也跑不了！（对松二爷）你也走一趟，到堂上实话实说，没你的事！

〔黄胖子同三五个人由后院过来。

黄胖子　得啦，一天云雾散，算我没白跑腿！

松二爷　黄爷！黄爷！

黄胖子　（揉揉眼）谁呀？

松二爷　我！松二！您过来，给说句好话！

黄胖子　（看清）哟，宋爷，吴爷，二位爷办案哪？请吧！

松二爷　黄爷，帮帮忙，给美言两句！

黄胖子　官厅儿管不了的事，我管！官厅儿能管的事呀，我不便多嘴！（问大家）是不是？

众　　　喳！对！

〔宋恩子、吴祥子带着常四爷、松二爷往外走。

松二爷　（对王利发）看着点我们的鸟笼子！

王利发　您放心，我给送到家里去！

〔常四爷、松二爷、宋恩子、吴祥子同下。

黄胖子　（唐铁嘴告以庞太监在此）哟，老爷在这儿哪？听说要安份儿家，我先给您道喜！

庞太监　等吃喜酒吧！

黄胖子　您赏脸！您赏脸！（下）

〔乡妇端着空碗进来，往柜上放。小妞跟进来。

小　妞　妈！我还饿！

王利发　唉！出去吧！

乡　妇　走吧，乖！

小　妞　不卖妞妞啦？妈！不卖了？妈！

乡　妇　乖！（哭着，携小妞下）

〔康六带着康顺子进来，立在柜台前。

康　六　姑娘！顺子！爸爸不是人，是畜生！可你叫我怎办呢？你不找个吃饭的地方，你饿死！我不弄到手几两银子，就得叫东家活活地打死！你呀，顺子，认命吧，积德吧！

康顺子　我，我……（说不出话来）

刘麻子　（跑过来）你们回来啦？点头啦？好！来见见总管！给总管磕头！

康顺子　我……（要晕倒）

康　六　（扶住女儿）顺子！顺子！

刘麻子　怎么啦？

康　六　又饿又气，昏过去了！顺子！顺子！

庞太监　我要活的，可不要死的！

〔静场。

茶客甲　（正与乙下象棋）将！你完啦！

（幕）

第二幕

人　物　王淑芬　报　童　康顺子　李　三　常四爷

康大力　王利发　松二爷　老　林　难民数人

宋恩子　老　陈　巡　警　吴祥子　崔久峰

押大令的兵七人　公寓住客二三人　军　官

唐铁嘴　刘麻子　大兵三五人

时　间　与前幕相隔十余年，现在是袁世凯死后，帝国主义指使中国军阀进行割据，时时发动内战的时候。初夏，上午。

地　点　同前幕。

〔幕启：北京城内的大茶馆已先后相继关了门。“裕泰”是硕果仅存的一家了，可是为避免被淘汰，它已改变了样子与作风。现在，它的前部仍然卖茶，后部却改成了公寓。前部只卖茶和瓜子什么的；“烂肉面”等等已成为历史名词。厨房挪到后边去，专包公寓住客的伙食。茶座也大加改良：一律是小桌与藤椅，桌上盖着浅绿桌布。墙上的“醉八仙”大画，连财神龛，均已撤去，代以时装美人——外国香烟公司的广告画。“莫谈国事”的纸条可是保存了下来，而且字写得更大。王利发真像个“圣之时者也”，不但没使“裕泰”灭亡，而且使它有了新的发展。

〔因为修理门面，茶馆停了几天营业，预备明天开张。王淑芬正和李三忙着布置，把桌椅移了又移，摆了又摆，以期尽善尽美。

〔王淑芬梳时行的圆髻，而李三却还带着小辫儿。

〔二三学生由后面来，与他们打招呼，出去。

王淑芬　（看李三的辫子碍事）三爷，咱们的茶馆改了良，你的小辫儿也该剪了吧？

李　三　改良！改良！越改越凉，冰凉！

王淑芬　也不能那么说！三爷你看，听说西直门的德泰，北新桥的广泰，鼓楼前的天泰，这些大茶馆全先后脚儿关了门！只有咱们裕泰还开着，为什么？不是因为拴子的爸爸懂得改良吗？

李　三　哼！皇上没啦，总算大改良吧？可是改来改去，袁世凯还是要作皇上。袁世凯死后，天下大乱，今儿个打炮，明儿个关城，改良？哼！我还留着我的小辫儿，万一把皇上改回来呢！

王淑芬　别顽固啦，三爷！人家给咱们改了民国，咱们还能不随着走吗？你看，咱们这么一收拾，不比以前干净，好看？专招待文明人，不更体面？可是，你要还带着小辫儿，看着多么不顺眼哪！

李　三　太太，你觉得不顺眼，我还不顺心呢！

王淑芬　哟，你不顺心？怎么？

李　三　你还不明白？前面茶馆，后面公寓，全仗着掌柜的跟我两个人，无论怎么说，也忙不过来呀！

王淑芬　前面的事归他，后面的事，不是还有我帮助你吗？

李　三　就算有你帮助，打扫二十来间屋子，伺候二十多人的伙食，还要沏茶灌水，买东西送信，问问你自己，受得了受不了！

王淑芬　三爷，你说得对！可是呀，这兵荒马乱的年月，能有个事儿作也就得念佛！咱们都得忍着点！

李　三　我干不了！天天睡四五个钟头的觉，谁也不是铁打的！

王淑芬　唉！三爷，这年月谁也舒服不了！你等着，大拴子暑假就高小毕业，二拴子也快长起来，他们一有用处，咱们可就清闲点啦。从老王掌柜在世的时候，你就帮助我们，老朋友，老伙计啦！

〔王利发老气横秋地从后面进来。

李　三　老伙计？二十多年了，他们可给我长过工钱？什么都改良，为什么工钱不跟着改良呢？

王利发　哟！你这是什么话呀？咱们的买卖要是越作越好，我能不给你长工钱吗？得了，明天咱们开张，取个吉利，先别吵嘴，就这么办吧！All right？[①]

李　三　就怎么办啦？不改我的良，我干不下去啦！

---

① “All right”，在这里是“好吧”的意思。

〔后面叫　李三！李三！

王利发　崔先生叫，你快去！咱们的事，有工夫再细研究！

李　三　哼！

王淑芬　我说，昨天就关了城门，今儿个还说不定关不关，三爷，这里的事交给掌柜的，你去买点菜吧！别的不说，咸菜总得买下点呀！

〔后面又叫　李三！李三！

李　三　对，后边叫，前边催，把我劈成两半儿好不好！（愤愤地往后走）

王利发　拴子的妈，他岁数大了点，你可得……

王淑芬　他抱怨了大半天了！可是抱怨得对！当着他，我不便直说；对你，我可得说实话：咱们得添人！

王利发　添人得给工钱，咱们赚得出来吗？我要是会干别的，可是还开茶馆，我是孙子！

〔远处隐隐有炮声。

王利发　听听，又他妈的开炮了！你闹，闹！明天开得了张才怪！这是怎么说的！

王淑芬　明白人别说糊涂话，开炮是我闹的？

王利发　别再瞎扯，干活儿去！嘿！

王淑芬　早晚不是累死，就得叫炮轰死，我看透了！（慢慢地往后边走）

王利发　（温和了些）拴子的妈，甭害怕，开过多少回炮，一回也没打死咱们，北京城是宝地！

王淑芬　心哪，老跳到嗓子眼里，宝地！我给三爷拿菜钱去。（下）

〔一群男女难民在门外央告。

难　民　掌柜的，行行好，可怜可怜吧！

王利发　走吧，我这儿不打发，还没开张！

难　民　可怜可怜吧！我们都是逃难的！

王利发　别耽误工夫！我自己还顾不了自己呢！

〔巡警上。

巡　警　走！滚！快着！

〔难民散去。

王利发　怎样啊？六爷！又打得紧吗？

巡　警　紧！紧得厉害！仗打得不紧，怎能够有这么多难民呢！上面交派下来，你出八十斤大饼，十二点交齐！城里的兵带着干粮，才能出去打仗啊！

王利发　您圣明，我这儿现在光包后面的伙食，不再卖饭，也还没开张，别说八十斤大饼，一斤也交不出啊！

巡　警　你有你的理由，我有我的命令，你瞧着办吧！（要走）

王利发　您等等！我这儿千真万确还没开张，这您知道！开张以后，还得多麻烦您呢！得啦，您买包茶叶喝吧！（递钞票）您多给美言几句，我感恩不尽！

巡　警　（接票子）我给你说说看，行不行可不保准！

〔三五个大兵，军装破烂，都背着枪，闯进门口。

巡　警　老总们，我这儿正查户口呢，这儿还没开张！

大　兵　屌！

巡　警　王掌柜，孝敬老总们点茶钱，请他们到别处喝去吧！

王利发　老总们，实在对不起，还没开张，要不然，诸位住在这儿，一定欢迎！（递钞票给巡警）

巡　警　（转递给兵们）得啦，老总们多原谅，他实在没法招待诸位！

大　兵　屌！谁要钞票？要现大洋！

王利发　老总们，让我哪儿找现洋去呢？

大　兵　屌！揍他个小舅子！

巡　警　快！再添点！

王利发　（掏）老总们，我要是还有一块，请把房子烧了！（递钞票）

大　兵　屌！（接钱下）

巡　警　得，我给你挡住了一场大祸！他们一进来呀，你就全完，连一个茶碗也剩不下！

王利发　我永远忘不了您这点好处！

巡　警　可是为这点功劳，你不得另有份意思吗？

王利发　对！您圣明，我糊涂！可是，您搜我吧，真一个铜子儿也没有啦！（掀起褂子，让他搜）您搜！您搜！

巡　警　我干不过你！明天见，明天还不定是风是雨呢！（下）

王利发　您慢走！（看巡警走去，跺脚）他妈的！打仗，打仗！今天打，明天打，老打，打他妈的什么呢？

〔唐铁嘴进来，还是那么瘦，那么脏，可是穿着绸子夹袍。

唐铁嘴　王掌柜！我来给你道喜！

王利发　（还生着气）哟！唐先生？我可不再白送茶喝！（打量，有了笑容）你混得不错呀！穿上绸子啦！

唐铁嘴　比从前好了一点！我感谢这个年月！

王利发　这个年月还值得感谢？听着有点不搭调！

唐铁嘴　年头越乱，我的生意越好！这年月，谁活着谁死都碰运气，怎能不多算算命、相相面呢？你说对不对？

王利发　Yes[①]，也有这么一说！

唐铁嘴　听说后面改了公寓，租给我一间屋子，好不好？

王利发　唐先生，你那点嗜好，在我这儿恐怕……

唐铁嘴　我已经不吃大烟了！

王利发　真的？你可真要发财了！

---

① “Yes”，“对”的意思。

唐铁嘴　我改抽“白面儿”啦。（指墙上的香烟广告）你看，哈德门烟是又长又松，（掏出烟来表演）一顿就空出一大块，正好放“白面儿”。大英帝国的烟，日本的“白面儿”，两大强国伺候着我一个人，这点福气还小吗？

王利发　福气不小！不小！可是，我这儿已经住满了人，什么时候有了空房，我准给你留着！

唐铁嘴　你呀，看不起我，怕我给不了房租！

王利发　没有的事！都是久在街面上混的人，谁能看不起谁呢？这是知心话吧？

唐铁嘴　你的嘴呀比我的还花哨！

王利发　我可不光耍嘴皮子，我的心放得正！这十多年了，你白喝过我多少碗茶？你自己算算！你现在混得不错，你想着还我茶钱没有？

唐铁嘴　赶明儿我一总还给你，那一共才有几个钱呢！（搭讪着往外走）

〔街上卖报的喊叫：“长辛店大战的新闻，买报瞧，瞧长辛店大战的新闻！”

〔报童向内探头。

报　童　掌柜的，长辛店大战的新闻，来一张瞧瞧？

王利发　有不打仗的新闻没有？

报　童　也许有，您自己找！

王利发　走！不瞧！

报　童　掌柜的，你不瞧也照样打仗！（对唐铁嘴）先生，您照顾照顾？

唐铁嘴　我不像他（指王利发），我最关心国事！（拿了一张报，没给钱即走）

〔报童追唐铁嘴下。

王利发　（自言自语）长辛店！长辛店！离这里不远啦！（喊）三爷，三爷！你倒是抓早儿买点菜去呀，待一会儿准关城门，就什么也买不到啦！嘿！（听后面没人应声，含怒往后跑）

〔常四爷提着一串腌萝卜，两只鸡，走进来。

常四爷　王掌柜！

王利发　谁？哟，四爷！您干什么哪？

常四爷　我卖菜呢！自食其力，不含糊！今儿个城外头乱乱哄哄，买不到菜；东抓西抓，抓到这么两只鸡，几斤老腌萝卜。听说你明天开张，也许用得着，特意给你送来了！

王利发　我谢谢您！我这儿正没有辙呢！

常四爷　（四下里看）好啊！好啊！收拾得好啊！大茶馆全关了，就是你有心路，能随机应变地改良！

王利发　别夸奖我啦！我尽力而为，可就怕天下老这么乱七八糟！

常四爷　像我这样的人算是坐不起这样的茶馆喽！

〔松二爷走进来，穿得很寒酸，可是还提着鸟笼。

松二爷　王掌柜！听说明天开张，我来道喜！（看见常四爷）哎哟！四爷，可想死我喽！

常四爷　二哥！你好哇？

王利发　都坐下吧！

松二爷　王掌柜，你好？太太好？少爷好？生意好？

王利发　（一劲儿说）好！托福！（提起鸡与咸菜）四爷，多少钱？

常四爷　瞧着给，该给多少给多少！

王利发　对！我给你们弄壶茶来！（提物到后面去）

松二爷　四爷，你，你怎么样啊？

常四爷　卖青菜哪！铁杆庄稼没有啦，还不卖膀子力气吗？二爷，您怎么样啊？

松二爷　怎么样？我想大哭一场！看见我这身衣裳没有？我还像个人吗？

常四爷　二哥，您能写能算，难道找不到点事儿作？

松二爷　嚥，谁愿意瞪着眼挨饿呢！可是，谁要咱们旗人呢！想起来呀，大清国不一定好啊，可是到了民国，我挨了饿！

王利发　（端着一壶茶回来。给常四爷钱）不知道您花了多少，我就给这么点吧！

常四爷　（接钱，没看，揣在怀里）没关系！

王利发　二爷，（指鸟笼）还是黄鸟吧？哨得怎样？

松二爷　嘛，还是黄鸟！我饿着，也不能叫鸟儿饿着！（有了点精神）你看看，看看，（打开罩子）多么体面！一看见它呀，我就舍不得死啦！

王利发　松二爷，不准说死！有那么一天，您还会走一步好运！

常四爷　二哥，走！找个地方喝两盅儿去！一醉解千愁！王掌柜，我可就不让你啦，没有那么多的钱！

王利发　我也分不开身，就不陪了！

〔常四爷、松二爷正往外走，宋恩子和吴祥子进来。他们俩仍穿灰色大衫，但袖口瘦了，而且罩上青布马褂。

松二爷　（看清楚是他们，不由得上前请安）原来是你们二位爷！

〔王利发似乎受了松二爷的感染，也请安，弄得二人愣住了。

宋恩子　这是怎么啦？民国好几年了，怎么还请安？你们不会鞠躬吗？

松二爷　我看见您二位的灰大褂呀，就想起了前清的事儿！不能不请安！

王利发　我也那样！我觉得请安比鞠躬更过瘾！

吴祥子　哈哈哈哈！松二爷，你们的铁杆庄稼不行了，我们的灰色大褂反倒成了铁杆庄稼，哈哈哈！（看见常四爷）这不是常四爷吗？

常四爷　是呀，您的眼力不错！戊戌年我就在这儿说了句"大清国要完"，叫您二位给抓了走，坐了一年多的牢！

宋恩子　您的记性可也不错！混得还好吧？

常四爷　托福！从牢里出来，不久就赶上庚子年；扶清灭洋，我当了义和团，跟洋人打了几仗！闹来闹去，大清国到底是亡了，该亡！我是旗人，可是我得说公道话！现在，每天起五更弄一挑子青菜，绕到十点来钟就卖光。凭力气挣饭吃，我的身上更有劲了！什么时候洋人敢再动兵，我姓常的还预备跟他们打打呢！我是旗人，旗人也是中国人哪！您二位怎么样？

吴祥子　瞎混呗！有皇上的时候，我们给皇上效力，有袁大总统的时候，我们给袁大总统效力；现而今，宋恩子，该怎么说啦？

宋恩子　谁给饭吃，咱们给谁效力！

常四爷　要是洋人给饭吃呢？

松二爷　四爷，咱们走吧！

吴祥子　告诉你，常四爷，要我们效力的都仗着洋人撑腰！

没有洋枪洋炮，怎能够打起仗来呢？

松二爷　您说得对！嗻！四爷，走吧！

常四爷　再见吧，二位，盼着你们快快升官发财！（同松二爷下）

宋恩子　这小子！

王利发　（倒茶）常四爷老是那么又倔又硬，别计较他！（让茶）二位喝碗吧，刚沏好的。

宋恩子　后面住着的都是什么人？

王利发　多半是大学生，还有几位熟人。我有登记簿子，随时报告给“巡警阁子”。我拿来，二位看看？

吴祥子　我们不看簿子，看人！

王利发　您甭看，准保都是靠得住的人！

宋恩子　你为什么爱租学生们呢？学生不是什么老实家伙呀！

王利发　这年月，作官的今天上任，明天撤职，作买卖的今天开市，明天关门，都不可靠！只有学生有钱，能够按月交房租，没钱的就上不了大学啊！您看，是这么一笔账不是？

宋恩子　都叫你咂摸透了！你想得对！现在，连我们也欠饷啊！

吴祥子　是呀，所以非天天拿人不可，好得点津贴！

宋恩子　就仗着有错拿，没错放的，拿住人就有津贴！走吧，到后边看看去！

吴祥子　走！

王利发　二位，二位！您放心，准保没错儿！

宋恩子　不看，拿不到人，谁给我们津贴呢？

吴祥子　王掌柜不愿意咱们看，王掌柜必会给咱们想办法！咱们得给王掌柜留个面子！对吧？王掌柜！

王利发　我……

宋恩子　我出个不很高明的主意：干脆来个包月，每月一号，按阳历算，你把那点……

吴祥子　那点意思！

宋恩子　对，那点意思送到，你省事，我们也省事！

王利发　那点意思得多少呢？

吴祥子　多年的交情，你看着办！你聪明，还能把那点意思闹成不好意思吗？

李　三　（提着菜筐由后面出来）喝，二位爷！（请安）今儿个又得关城门吧！（没等回答，往外走）

〔二三学生匆匆地回来。

学　生　三爷，先别出去，街上抓伕呢！（往后面走去）

李　三　（还往外走）抓去也好，在哪儿也是当苦力！

〔刘麻子丢了魂似的跑来，和李三碰了个满怀。

李　三　怎么回事呀？吓掉了魂儿啦！

刘麻子　（喘着）别，别，别出去！我差点叫他们抓了去！

王利发　三爷，等一等吧！

李　三　午饭怎么开呢？

王利发　跟大家说一声，中午咸菜饭，没别的办法！晚上吃那两只鸡！

李　三　好吧！（往回走）

刘麻子　我的妈呀，吓死我啦！

宋恩子　你活着，也不过多买卖几个大姑娘！

刘麻子　有人卖，有人买，我不过在中间帮帮忙，能怪我吗？（把桌上的三个茶杯的茶先后喝净）

吴祥子　我可是告诉你，我们哥儿们从前清起就专办革命党，不大爱管贩卖人口，拐带妇女什么的臭事。可是你要叫我们碰见，我们也不再睁一眼闭一眼！还有，像你这样的人，弄进去，准锁在尿桶上！

刘麻子　二位爷，别那么说呀！我不是也快挨饿了吗？您看，以前，我走八旗老爷们、宫里太监们的门子。这么一革命啊，可苦了我啦！现在，人家总长次长，团长师长，要娶姨太太讲究要唱落子的坤角，戏班里的女名角，一花就三千五千现大洋！我干瞧着，摸不着门！我那点芝麻粒大的生意算得了什么呢？

宋恩子　你呀，非锁在尿桶上，不会说好的！

刘麻子　得啦，今天我孝敬不了二位，改天我必有一份儿人心！

吴祥子　你今天就有买卖，要不然，兵荒马乱的，你不会出来！

刘麻子　没有！没有！

宋恩子　你嘴里半句实话也没有！不对我们说真话，没有你的好处！王掌柜，我们出去绕绕；下月一号，按阳历算，别忘了！

王利发　我忘了姓什么，也忘不了您二位这回事！

吴祥子　一言为定啦！（同宋恩子下）

王利发　刘爷，茶喝够了吧？该出去活动活动！

刘麻子　你忙你的，我在这儿等两个朋友。

王利发　咱们可把话说开了，从今以后，你不能再在这儿作你的生意，这儿现在改了良，文明啦！

〔康顺子提着个小包，带着康大力，往里边探头。

康大力　是这里吗？

康顺子　地方对呀，怎么改了样儿？（进来，细看，看见了刘麻子）大力，进来，是这儿！

康大力　找对啦？妈！

康顺子　没错儿！有他在这儿，不会错！

王利发　您找谁？

康顺子　（不语，直奔过刘麻子去）刘麻子，你还认识我吗？（要打，但是伸不出手去，一劲地颤抖）你，

你，你个……（要骂，也感到困难）

刘麻子　你这个娘儿们，无缘无故地跟我捣什么乱呢？

康顺子　（挣扎）无缘无故？你，你看看我是谁？一个男子汉，干什么吃不了饭，偏干伤天害理的事！呸！呸！

王利发　这位大嫂，有话好好说！

康顺子　你是掌柜的？你忘了吗？十几年前，有个娶媳妇的太监？

王利发　您，您就是庞太监的那个……

康顺子　都是他（指刘麻子）作的好事，我今天跟他算算账！（又要打，仍未成功）

刘麻子　（躲）你敢！你敢！我好男不跟女斗！（随说随往后退）我，我找人来帮我说说理！（撒腿往后面跑）

王利发　（对康顺子）大嫂，你坐下，有话慢慢说！庞太监呢？

康顺子　（坐下喘气）死啦。叫他的侄子们给饿死的。一改民国呀，他还有钱，可没了势力，所以侄子们敢欺负他。他一死，他的侄子们把我们轰出来了，连一床被子都没给我们！

王利发　这，这是……？

康顺子　我的儿子！

王利发　您的……？

康顺子　也是买来的，给太监当儿子。

康大力　妈！你爸爸当初就在这儿卖了你的？

康顺子　对了，乖！就是这儿，一进这儿的门，我就晕过去了，我永远忘不了这个地方！

康大力　我可不记得我爸爸在哪里卖了我的！

康顺子　那时候，你不是才一岁吗？妈妈把你养大了的，你跟妈妈一条心，对不对？乖！

康大力　那个老东西，掐你，拧你，咬你，还用烟签子扎我！他们人多，咱们打不过他们！要不是你，妈，我准叫他们给打死了！

康顺子　对！他们人多，咱们又太老实！你看，看见刘麻子，我想咬他几口，可是，可是，连一个嘴巴也没打上，我伸不出手去！

康大力　妈，等我长大了，我帮助你打！我不知道亲妈妈是谁，你就是我的亲妈妈！

康顺子　好！好！咱们永远在一块儿，我去挣钱，你去念书！（稍愣了一会儿）掌柜的，当初我在这儿叫人买了去，咱们总算有缘，你能不能帮帮忙，给我找点事作？我饿死不要紧，可不能饿死这个无倚无靠的好孩子！

〔王淑芬出来，立在后边听着。

王利发　你会干什么呢？

康顺子　洗洗涮涮、缝缝补补、作家常饭，都会！我是乡下人，我能吃苦，只要不再作太监的老婆，什么苦处都是甜的！

王利发　要多少钱呢？

康顺子　有三顿饭吃，有个地方睡觉，够大力上学的，就行！

王利发　好吧，我慢慢给你打听着！你看，十多年前那回事，我到今天还没忘，想起来心里就不痛快！

康顺子　可是，现在我们母子上哪儿去呢？

王利发　回乡下找你的老父亲去！

康顺子　他？他是活是死，我不知道。就是活着，我也不能去找他！他对不起女儿，女儿也不必再叫他爸爸！

王利发　马上就找事，可不大容易！

王淑芬　（过来）她能洗能作，又不多要钱，我留下她了！

王利发　你？

王淑芬　难道我不是内掌柜的？难道我跟李三爷就该累死？

康顺子　掌柜的，试试我！看我不行，您说话，我走！

王淑芬　大嫂，跟我来！

康顺子　当初我是在这儿卖出去的，现在就拿这儿当作娘家吧！大力，来吧！

康大力　掌柜的，你要不打我呀，我会帮助妈妈干活儿！（同王淑芬、康顺子下）

王利发　好家伙，一添就是两张嘴！太监取消了，可把太监的家眷交到这里来了！

李　三　（掩护着刘麻子出来）快走吧！（回去）

王利发　就走吧，还等着真挨两个脆的吗？

刘麻子　我不是说过了吗，等两个朋友？

王利发　你呀，叫我说什么才好呢！

刘麻子　有什么法子呢！隔行如隔山，你老得开茶馆，我老得干我这一行！到什么时候，我也得干我这一行！

〔老林和老陈满面笑容地走进来。

刘麻子　（二人都比他年轻，他却称呼他们哥哥）林大哥，陈二哥！（看王不满意，赶紧说）王掌柜，这儿现在没有人，我借个光，下不为例！

王利发　她（指后边）可是还在这儿呢！

刘麻子　不要紧了，她不会打人！就是真打，他们二位也会帮助我！

王利发　你呀！哼！（到后边去）

刘麻子　坐下吧，谈谈！

老　林　你说吧！老二！

老　陈　你说吧！哥！

刘麻子　谁说不一样啊！

老　陈　你说吧，你是大哥！

老　林　那个，你看，我们俩是把兄弟！

老　陈　对！把兄弟，两个人穿一条裤子的交情！

老　林　他有几块现大洋！

刘麻子　现大洋？

老　陈　林大哥也有几块现大洋！

刘麻子　一共多少块呢？说个数目！

老　林　那，还不能告诉你咧！

老　陈　事儿能办才说咧！

刘麻子　有现大洋，没有办不了的事！

老　林
老　陈　真的？

刘麻子　说假话是孙子！

老　林　那么，你说吧，老二！

老　陈　还是你说，哥！

老　林　你看，我们是两个人吧？

刘麻子　嗯！

老　陈　两个人穿一条裤子的交情吧？

刘麻子　嗯！

老　林　没人耻笑我们的交情吧？

刘麻子　交情嘛，没人耻笑！

老　陈　也没人耻笑三个人的交情吧？

刘麻子　三个人？都是谁？

老　林　还有个娘儿们！

刘麻子　嗯！嗯！嗯！我明白了！可是不好办，我没办过！你看，平常都说小两口儿，哪有小三口儿的呢！

老　林　不好办？

刘麻子　太不好办啦！

老　林　（问老陈）你看呢？

老　陈　还能白拉倒吗？

老　林　不能拉倒！当了十几年兵，连半个媳妇都娶不上！他妈的！

刘麻子　不能拉倒，咱们再想想！你们到底一共有多少块现大洋？

〔王利发和崔久峰由后面慢慢走来。刘麻子等停止谈话。

王利发　崔先生，昨天秦二爷派人来请您，您怎么不去呢？您这么有学问，上知天文，下知地理，又作过国会议员，可是住在我这里，天天念经；干吗不出去作点事呢？您这样的好人，应当出去作官！有您这样的清官，我们小民才能过太平日子！

崔久峰　惭愧！惭愧！作过国会议员，那真是造孽呀！革命有什么用呢，不过自误误人而已！唉！现在我只能修持，忏悔！

王利发　您看秦二爷，他又办工厂，又忙着开银号！

崔久峰　办了工厂、银号又怎么样呢？他说实业救国，他救了谁？救了他自己，他越来越有钱了！可是他那点事业，哼，外国人伸出一个小指头，就把他推倒在地，再也起不来！

王利发　您别这么说呀！难道咱们就一点盼望也没有了吗？

崔久峰　难说！很难说！你看，今天王大帅打李大帅，明天赵大帅又打王大帅。是谁叫他们打的？

王利发　谁？哪个混蛋？

崔久峰　洋人！

王利发　洋人？我不能明白！

崔久峰　慢慢地你就明白了。有那么一天，你我都得作亡国奴！我干过革命，我的话不是随便说的！

王利发　那么，您就不想想主意，卖卖力气，别叫大家作亡国奴？

崔久峰　我年轻的时候，以天下为己任，的确那么想过！现在，我可看透了，中国非亡不可！

王利发　那也得死马当活马治呀！

崔久峰　死马当活马治？那是妄想！死马不能再活，活马可早晚得死！好啦，我到弘济寺去，秦二爷再派人来找我，你就说，我只会念经，不会干别的！（下）

〔宋恩子、吴祥子又回来了。

王利发　二位！有什么消息没有？

〔宋恩子、吴祥子不语，坐在靠近门口的地方，看着刘麻子等。

〔刘麻子不知如何是好，低下头去。

〔老陈、老林也不知如何是好，相视无言。

〔静默了有一分钟。

老　陈　哥，走吧？

老　林　走！

宋恩子　等等！（立起来，挡住路）

老　陈　怎么啦？

吴祥子　（也立起）你说怎么啦？

〔四人呆呆相视一会儿。

宋恩子　乖乖地跟我们走！

老　林　上哪儿？

吴祥子　逃兵，是吧？有些块现大洋，想在北京藏起来，是吧？有钱就藏起来，没钱就当土匪，是吧？

老　陈　你管得着吗？我一个人揍你这样的八个。（要打）

宋恩子　你？可惜你把枪卖了，是吧？没有枪的干不过有枪的，是吧？（拍了拍身上的枪）我一个人揍你这样的八个！

老　林　都是弟兄，何必呢？都是弟兄！

吴祥子　对啦！坐下谈谈吧！你们是要命呢？还是要现大洋？

老　陈　我们那点钱来得不容易！谁发饷，我们给谁打仗，我们打过多少次仗啊！

宋恩子　逃兵的罪过，你们可也不是不知道！

老　林　咱们讲讲吧，谁叫咱们是弟兄呢！

吴祥子　这像句自己人的话！谈谈吧！

王利发　（在门口）诸位，大令过来了！

老　陈
老　林　啊！（惊惶失措，要往里边跑）

宋恩子　别动！君子一言：把现大洋分给我们一半，保你们俩没事！咱们是自己人！

老　陈
老　林　就那么办！自己人！

〔“大令”进来：二捧刀——刀缠红布——背枪者前导，手捧令箭的在中，四持黑红棍者在后。军官在最后押队。

吴祥子　（和宋恩子、老林、老陈一齐立正，从帽中取出证章，叫军官看）报告官长，我们止在这儿盘查一个逃兵。

军　官　就是他吗？（指刘麻子）

吴祥子　（指刘麻子）就是他！

军　官　绑！

刘麻子　（喊）老爷！我不是！不是！

军　官　绑！（同下）

（幕）

第三幕

人　物　王大拴　明师傅　于厚斋　周秀花　邹福远
小宋恩子　王小花　卫福喜　小吴祥子　康顺子
方　六　常四爷　丁　宝　车当当　秦仲义
王利发　庞四奶奶　小心眼　茶客甲、乙
春　梅　沈处长　小刘麻子　老　杨　宪兵四人
取电灯费的　小二德子　小唐铁嘴　谢勇仁

时　间　抗日战争胜利后，国民党特务和美国兵在北京横行的时候。秋，清晨。

地　点　同前幕。

〔幕启：现在，裕泰茶馆的样子可不像前幕那么体面了。藤椅已不见，代以小凳与条凳。自房屋至家具都显着暗淡无光。假若有什么突出惹眼的东西，那就是“莫谈国事”的纸条，条子更多，字也更大了。在这些条子旁边还贴着“茶钱先付”的新纸条。

〔一清早，还没有下窗板。王利发的儿子王大拴，垂头丧气地独自收拾屋子。

〔王大拴的妻周秀花，领着小女儿王小花，由后面出来。她们一边走一边说话儿。

王小花　妈，晌午给我作热汤面吧！好多天没吃过啦！

周秀花　我知道，乖！可谁知道买得着面买不着呢！就是粮食店里可巧有面，谁知道咱们有钱没有呢！唉！

王小花　就盼着两样都有吧！妈！

周秀花　你倒想得好，可哪能那么容易！去吧，小花，在路上留神吉普车！

王大拴　小花，等等！

王小花　干吗？爸！

王大拴　昨天晚上……

周秀花　我已经嘱咐过她了！她懂事！

王大拴　你大力叔叔的事万不可对别人说呀！说了，咱们全家都得死！明白吧！

王小花　我不说，打死我也不说！有人问我大力叔叔回来过没有，我就说：他走了好几年，·点消息也没有！

〔康顺子由后面走来。她的腰有点弯，但还硬朗。她一边走一边叫王小花。

康顺子　小花！小花！还没走哪？

王小花　康婆婆，干吗呀？

康顺子　小花，乖！婆婆再看你一眼！（抚弄王小花的头）多体面哪！吃的不足啊，要不然还得更好看呢！

周秀花　大婶，您是要走吧？

康顺子　是呀！我走，好让你们省点嚼谷呀！大力是我拉扯大的，他叫我走，我怎能不走呢？当初，我刚到这里的时候，他还没有小花这么高呢！

王小花　看大力叔叔现在多么壮实，多么大气！

康顺子　是呀，虽然他只在这儿坐了一袋烟的工夫呀，可是叫我年轻了好几岁！我本来什么也没有，一见着他呀，好像忽然间我什么都有啦！我走，跟着他走，受什么累，吃什么苦，也是香甜的！看他那两只大手，那两只大脚，简直是个顶天立地的男子汉！

王小花　婆婆，我也跟您去！

康顺子　小花，你乖乖地去上学，我会回来看你！

王大拴　小花，上学吧，别迟到！

王小花　婆婆，等我下了学您再走！

康顺子　哎！哎！去吧，乖！（王小花下）

王大拴　大婶，我爸爸叫您走吗？

康顺子　他还没打好了主意。我倒怕呀，大力回来的事儿万一叫人家知道了啊，我又忽然这么一走，也许要连累了你们！这年月不是天天抓人吗？我不能作对不起你们的事！

周秀花　大婶，您走您的，谁逃出去谁得活命！

王大拴　对！

康顺子　小花的妈，来吧，咱们再商量商量！我不能专顾自

己，叫你们吃亏！老大，你也好好想想！（同周秀花下）

〔丁宝进来。

丁　宝　嗨，掌柜的，我来啦！

王大拴　你是谁？

丁　宝　小丁宝！小刘麻子叫我来的，他说这儿的老掌柜托他请个女招待。

王大拴　姑娘，你看看，这么个破茶馆，能用女招待吗？我们老掌柜呀，穷得乱出主意！

〔王利发慢慢地走出来，他还硬朗，穿的可很不整齐。

王利发　老大，你怎么老在背后褒贬老人呢？谁穷得乱出主意呀？下板子去！什么时候了，还不开门！

〔王大拴去下窗板。

丁　宝　老掌柜，你硬朗啊？

王利发　嗯！要有炸酱面的话，我还能吃三大碗呢，可惜没有！十几了？姑娘！

丁　宝　十七！

王利发　才十七？

丁　宝　是呀！妈妈是寡妇，带着我过日子。胜利以后呀，政府硬说我爸爸给我们留下的一所小房子是逆产，给没收啦！妈妈气死了，我作了女招待！老掌柜，我到今天还不明白什么叫逆产，您知道吗？

王利发　姑娘，说话留点神！一句话说错了，什么都可以变成逆产！你看，这后边呀，是秦二爷的仓库，有人一瞪眼，说是逆产，就给没收啦！就是这么一回事！

〔王大拴回来。

丁　宝　老掌柜，您说对了！连我也是逆产，谁的胳臂粗，我就得伺候谁！他妈的，我才十七，就常想还不如死了呢！死了落个整尸首，干这一行，活着身上就烂了！

王大拴　爸，您真想要女招待吗？

王利发　我跟小刘麻子瞎聊来着！我一辈子老爱改良，看着生意这么不好，我着急！

王大拴　您着急，我也着急！可是，您就忘记老裕泰这个老字号了吗？六十多年的老字号，用女招待？

丁　宝　什么老字号啊！越老越不值钱！不信，我现在要是二十八岁，就是叫小小丁宝，小丁宝贝，也没人看我一眼！

〔茶客甲、乙上。

王利发　二位早班儿！带着叶子哪？老大拿开水去！（王大拴下）二位，对不起，茶钱先付！

茶客甲　没听说过！

王利发　我开过几十年茶馆，也没听说过！可是，您圣明：茶叶、煤球儿都一会儿一个价钱，也许您正喝着茶，茶叶又长了价钱！您看，先收茶钱不是省得麻烦吗？

茶客乙　我看哪，不喝更省事！（同茶客甲下）

王大拴　（提来开水）怎么？走啦！

王利发　这你就明白了！

丁　宝　我要是过去说一声："来了？小子！"他们准给一块现大洋！

王利发　你呀，老大，比石头还顽固！

王大拴　（放下壶）好吧，我出去蹓蹓，这里出不来气！（下）

王利发　你出不来气，我还憋得慌呢！

〔小刘麻子上，穿着洋服，夹着皮包。

小刘麻子　小丁宝，你来啦？

丁　宝　有你的话，谁敢不来呀！

小刘麻子　王掌柜，看我给你找来的小宝贝怎样？人材、岁数、打扮、经验，样样出色！

王利发　就怕我用不起吧？

小刘麻子　没的事！她不要工钱！是吧，小丁宝？

王利发　不要工钱？

小刘麻子　老头儿，你都甭管，全听我的，我跟小丁宝有我们一套办法！是吧，小丁宝？

丁　宝　要是没你那一套办法，怎会缺德呢！

小刘麻子　缺德？你算说对了！当初，我爸爸就是由这儿绑出去的；不信，你问王掌柜。是吧，王掌柜？

王利发　我亲眼得见！

小刘麻子　你看，小丁宝，我不乱吹吧？绑出去，就在马路中间，磕喳一刀！是吧，老掌柜？

王利发　听得真真的！

小刘麻子　我不说假话吧？小丁宝！可是，我爸爸到底差点事，一辈子混得并不怎样。轮到我自己出头露面了，我必得干得特别出色。（打开皮包，拿出计划书）看，小丁宝，看看我的计划！

丁　宝　我没那么大的工夫！我看哪，我该回家，休息一天，明天来上工。

王利发　丁宝，我还没想好呢！

小刘麻子　王掌柜，我都替你想好啦！不信，你等着看，明天早上，小丁宝在门口儿歪着头那么一站，马上就进来二百多茶座儿！小丁宝，你听听我的计划，跟你有关系。

丁　宝　哼！但愿跟我没关系！

小刘麻子　你呀，小丁宝，不够积极！听着……

〔取电灯费的进来。

取电灯费的　掌柜的，电灯费！

王利发　电灯费？欠几个月的啦？

取电灯费的　三个月的！

王利发　再等三个月，凑半年，我也还是没办法！

取电灯费的　那像什么话呢？

小刘麻子　地道真话嘛！这儿属沈处长管。知道沈处长吧？市党部的委员，宪兵司令部的处长！你愿意收他的电费吗？说！

取电灯费的　什么话呢，当然不收！对不起，我走错了门儿！（下）

小刘麻子　看，王掌柜，你不听我的行不行？你那套光绪年的办法太守旧了！

王利发　对！要不怎么说，人要活到老学到老呢！我还得多学！

小刘麻子　就是嘛！

〔小唐铁嘴进来，穿着绸子夹袍，新缎鞋。

小刘麻子　哎哟，他妈的是你，小唐铁嘴！

小唐铁嘴　哎哟，他妈的是你，小刘麻子！来，叫爷爷看看！（看前看后）你小子行，洋服穿得像那么一回事，由后边看哪，你比洋人还更像洋人！老王掌柜，我夜观天象，紫微星发亮，不久必有真龙天子出现，所以你看我跟小刘麻子，和这位……

小刘麻子　小丁宝，九城闻名！

小唐铁嘴　……和这位小丁宝，才都这么才貌双全，文武带打，我们是应运而生，活在这个时代，真是如鱼得水！老掌柜，把脸转正了，我看看！好，好，印堂发亮，还有一步好运！来吧，给我碗喝吧！

王利发　小唐铁嘴！

小唐铁嘴　别再叫唐铁嘴，我现在叫唐天师！

小刘麻子　谁封你作了天师？

小唐铁嘴　待两天你就知道了。

王利发　天师，可别忘了，你爸爸白喝了我一辈子的茶，这可不能世袭！

小唐铁嘴　王掌柜，等我穿上八卦仙衣的时候，你会后悔刚才说了什么！你等着吧！

小刘麻子　小唐，待会儿我请你去喝咖啡，小丁宝作陪，你先听我说点正经事，好不好？

小唐铁嘴　王掌柜，你就不想想，天师今天白喝你点茶，将来会给你个县知事作作吗？好吧，小刘你说！

小刘麻子　我这儿刚跟小丁宝说，我有个伟大的计划！

小唐铁嘴　好！洗耳恭听！

小刘麻子　我要组织一个“拖拉撕”。这是个美国字，也许你不懂，翻成北京话就是“包圆儿”。

小唐铁嘴　我懂！就是说，所有的姑娘全由你包办。

小刘麻子　对！你的脑力不坏！小丁宝，听着，这跟你有密切关系！甚至于跟王掌柜也有关系！

王利发　我这儿听着呢！

小刘麻子　我要把舞女、明娼、暗娼、吉普女郎和女招待全组织起来，成立那么一个大“拖拉撕”。

小唐铁嘴　（闭着眼问）官方上疏通好了没有？

小刘麻子　当然！沈处长作董事长，我当总经理！

小唐铁嘴　我呢？

小刘麻子　你要是能琢磨出个好名字来，请你作顾问！

小唐铁嘴　车马费不要法币！

小刘麻子　每月送几块美钞！

小唐铁嘴　往下说！

小刘麻子　业务方面包括：买卖部、转运部、训练部、供应部，四大部。谁买姑娘，还是谁卖姑娘；由上海调运到天津，还是由汉口调运到重庆；训练吉普女郎，还是训练女招待；是供应美国军队，还是各级官员，都由公司统一承办，保证人人满意。你看怎样？

小唐铁嘴　太好！太好！在道理上，这合乎统制一切的原则。在实际上，这首先能满足美国兵的需要，对国家有利！

小刘麻子　好吧，你就给想个好名字吧！想个文雅的，像

“柳叶眉，杏核眼，樱桃小口一点点”那种诗那么文雅的！

小唐铁嘴　嗯——“拖拉撕”，“拖拉撕”……不雅！拖进来，拉进来，不听话就撕成两半儿，倒好像是绑票儿撕票儿，不雅！

小刘麻子　对，是不大雅！可那是美国字，吃香啊！

小唐铁嘴　还是联合公司响亮、大方！

小刘麻子　有你这么一说！什么联合公司呢？

丁　宝　缺德公司就挺好！

小刘麻子　小丁宝，谈正经事，不许乱说！你好好干，将来你有作女招待总教官的希望！

小唐铁嘴　看这个怎样——花花联合公司？姑娘是什么？鲜花嘛！要姑娘就得多花钱，花呀花呀，所以花花！“青是山，绿是水，花花世界”，又有典故，出自《武家坡》！好不好？

小刘麻子　小唐，我谢谢你，谢谢你！（热烈握手）我马上找沈处长去研究一下，他一赞成，你的顾问就算当上了！（收拾皮包，要走）

王利发　我说，丁宝的事到底怎么办？

小刘麻子　没告诉你不用管吗？“托拉撕”统办一切，我先在这里试验试验。

丁　宝　你不是说喝咖啡去吗？

小刘麻子　问小唐去不去?

小唐铁嘴　你们先去吧，我还在这儿等个人。

小刘麻子　咱们走吧，小丁宝!

丁　宝　明天见，老掌柜!再见，天师!(同小刘麻子下)

小唐铁嘴　王掌柜，拿报来看看!

王利发　那，我得慢慢地找去。二年前的也许还有几张!

小唐铁嘴　废话!

〔进来三位茶客：明师傅、邹福远和卫福喜。明师傅独坐，邹福远与卫福喜同坐。王利发都认识，向大家点头。

王利发　哥儿们，对不起啊，茶钱先付!

明师傅　没错儿，老哥哥!

王利发　唉!“茶钱先付”，说着都烫嘴!(忙着沏茶)

邹福远　怎样啊?王掌柜!晚上还添评书不添啊?

王利发　试验过了，不行!光费电，不上座儿!

邹福远　对!您看，前天我在会仙馆，开三侠四义五霸十雄十三杰九老十五小，大破凤凰山，百鸟朝凤，棍打凤腿，您猜上了多少座儿?

王利发　多少?那点书现在除了您，没有人会说!

邹福远　您说的在行!可是，才上了五个人，还有俩听蹭儿的!

卫福喜　师哥，无论怎么说，你比我强!我又闲了一个多月啦！

邹福远　可谁叫你跳了行，改唱戏了呢？

卫福喜　我有嗓子，有扮相嘛！

邹福远　可是上了台，你又不好好地唱！

卫福喜　妈的唱一出戏，挣不上三个杂合面饼子的钱，我干吗卖力气呢？我疯啦？

邹福远　唉！福喜，咱们哪，全叫流行歌曲跟《纺棉花》给顶垮喽！我是这么看，咱们死，咱们活着，还在其次，顶伤心的是咱们这点玩意儿，再过几年都得失传！咱们对不起祖师爷！常言道：邪不侵正。这年头就是邪年头，正经东西全得连根儿烂！

王利发　唉！（转至明师傅处）明师傅，可老没来啦！

明师傅　出不来喽！包监狱里的伙食呢！

王利发　您！就凭您，办一二百桌满汉全席的手儿，去给他们蒸窝窝头？

明师傅　那有什么办法呢，现而今就是狱里人多呀！满汉全席？我连家伙都卖喽！

〔方六拿着几张画儿进来。

明师傅　六爷，这儿！六爷，那两桌家伙怎样啦？我等钱用！

方　六　明师傅，您挑一张画儿吧！

明师傅　啊？我要画儿干吗呢？

方　六　这可画得不错！六大山人、董弱梅画的！

明师傅　画得天好，当不了饭吃啊！

方　六　他把画儿交给我的时候，直掉眼泪！

明师傅　我把家伙交给你的时候，也直掉眼泪！

方　六　谁掉眼泪，谁吃炖肉，我都知道！要不怎么我累心呢！你当是干我们这一行，专凭打打小鼓就行哪？

明师傅　六爷，人总有颗人心哪，你还能坑老朋友吗？

方　六　一共不是才两桌家伙吗？小事儿，别再提啦，再提就好像不大懂交情了！

〔车当当敲着两块洋钱，进来。

车当当　谁买两块？买两块吧？天师，照顾照顾？（小唐铁嘴不语）

王利发　当当！别处转转吧，我连现洋什么模样都忘了！

车当当　那，你老人家就细细看看吧！白看，不用买票！（往桌上扔钱）

〔庞四奶奶进来，带着春梅。庞四奶奶的手上戴满各种戒指，打扮得像个女妖精。卖杂货的老杨跟进来。

小唐铁嘴　娘娘！

方　六
车当当　娘娘！

庞四奶奶　天师！

小唐铁嘴　伺候娘娘！（让庞四奶奶坐，给她倒茶）

庞四奶奶　（看车当当要出去）当当，你等等！

车当当　嗻！

老　杨　（打开货箱）娘娘，看看吧！

庞四奶奶　唱唱那套词儿，还倒怪有个意思！

老　杨　是！美国针、美国线、美国牙膏、美国消炎片。还有口红、雪花膏，玻璃袜子细毛线。箱子小，货物全，就是不卖原子弹！

庞四奶奶　哈哈哈！（挑了两双袜子）春梅，拿着！当当，你跟老杨算账吧！

车当当　娘娘，别那么办哪！

庞四奶奶　我给你拿的本钱，利滚利，你欠我多少啦？天师，查账！

小唐铁嘴　是！（掏小本）

车当当　天师，你甭操心，我跟老杨算去！

老　杨　娘娘，您行好吧！他能给我钱吗？

庞四奶奶　老杨，他坑不了你，都有我呢！

老　杨　是！（向众）还有哪位照顾照顾？（又要唱）美国针……

庞四奶奶　听够了！走！

老　杨　是！美国针、美国线，我要不走是浑蛋！走，当当！（同车当当下）

方　六　（过来）娘娘，我得到一堂景泰蓝的五供儿，东西老，地道，也便宜，坛上用顶体面，您看看吧？

庞四奶奶　请皇上看看吧！

方　六　是！皇上不是快登基了吗？我先给您道喜！我马上取去，送到坛上！娘娘多给美言几句，我必有份人心！（往外走）

明师傅　六爷，我的事呢?!

方　六　你先给我看着那几张画！（下）

明师傅　你等等！坑我两桌家伙，我还有把切菜刀呢！（追下）

庞四奶奶　王掌柜，康妈妈在这儿哪？请她出来！

小唐铁嘴　我去！（跑到后门）康老太太，您来一下！

王利发　什么事？

小唐铁嘴　朝廷大事！

〔康顺子上。

康顺子　干什么呀？

庞四奶奶　（迎上去）婆母！我是您的四侄媳妇，来接您，快坐下吧！（拉康顺子坐下）

康顺子　四侄媳妇？

庞四奶奶　是呀，您离开庞家的时候，我还没过门哪。

康顺子　我跟庞家一刀两断啦，找我干吗？

庞四奶奶　您的四侄子海顺呀，是三皇道的大坛主，国民党的大党员，又是沈处长的把兄弟，快作皇上啦，您不喜欢吗？

康顺子　快作皇上？

庞四奶奶　啊！龙袍都作好啦，就快在西山登基！

康顺子　你们这不是要造反吗？

小唐铁嘴　老太太，西山一带有八路军。庞四爷在那一带登基，消灭八路，南京能够不愿意吗？

庞四奶奶　四爷呀都好，近来可是有点贪酒好色。他已经弄了好几个小老婆！

小唐铁嘴　娘娘，三宫六院七十二妃嫔，可有书可查呀！

庞四奶奶　你不是娘娘，怎么知道娘娘的委屈！老太太，我是这么想：您要是跟我一条心，我叫您作老太后，咱们俩一齐管着皇上，我这个娘娘不就好作一点了吗？老太太，您跟我去，吃好的喝好的，兜儿里老带着那么几块当当响的洋钱，够多么好啊！

康顺子　我要是不跟你去呢？

庞四奶奶　啊？不去？（要翻脸）

小唐铁嘴　让老太太想想，想想！

康顺子　用不着想，我不会再跟庞家的人打交道！四媳妇，你作你的娘娘，我作我的苦老婆子，谁也别管谁！刚才你要瞪眼睛，你当我怕你吗？我在外边也混了这么多年，磨练出来点了，谁跟我瞪眼，我会伸手

打！（立起，往后走）

小唐铁嘴　老太太！老太太！

康顺子　（立住，转身对小唐铁嘴）你呀，小伙子，挺起腰板来，去挣碗干净饭吃，不好吗？（下）

庞四奶奶　（移怒于王利发）王掌柜，过来！你去跟那个老婆子说说！说好了，我送给你一袋子白面！说不好，我砸了你的茶馆！天师，走！

小唐铁嘴　王掌柜，我晚上还来，听你的回话！

王利发　万一我下半天就死了呢？

庞四奶奶　呸！你还不该死吗？（与小唐铁嘴、春梅同下）

王利发　哼！

邹福远　师弟，你看这算哪一出？哈哈哈！

卫福喜　我会二百多出戏，就是不懂这一出！你知道那个娘儿们的出身吗？

邹福远　我还能不知道！东霸天的女儿，在娘家就生过……得，别细说，咱们积点口德吧！

〔王大拴回来。

王利发　看着点，老大。我到后面商量点事！（下）

小二德子（在外面大吼一声）闪开了！（进来）大拴哥，沏壶顶好的，我有钱！（掏出四块现洋，一块一块地放下）给算算，刚才花了一块，这儿还有四块，五毛打一个，我一共打了几个？

王大拴　十个。

小二德子　（用手指算）对！前天四个，昨天六个，可不是十个！大拴哥，你拿两块吧！没钱，我白喝你的茶；有钱，就给你！你拿吧！（吹一块，放在耳旁听听）这块好，就一块当两块吧，给你！

王大拴　（没接钱）小二德子，什么生意这么好啊？现大洋不容易看到啊！

小二德子　念书去了！

王大拴　把“一”字都念成扁担，你念什么书啊？

小二德子　（拿起桌上的壶来，对着壶嘴喝了一气，低声说）市党部派我去的，法政学院。没当过这么美的差事，太美，太过瘾！比在天桥好得多！打一个学生，五毛现洋！昨天揍了几个来着？

王大拴　六个。

小二德子　对！里边还有两个女学生！一拳一拳地下去，太美，太过瘾！大拴哥，你摸摸，摸摸！（伸臂）铁筋洋灰的！用这个揍男女学生，你想想，美不美？

王大拴　他们就那么老实，乖乖地叫你打？

小二德子　我专找老实的打呀！你当我是傻子哪？

王大拴　小二德子，听我说，打人不对！

小二德子　可也难说！你看教党义的那个教务长，上课先把手枪拍在桌上，我不过抡抡拳头，没动手枪啊！

王大拴　什么教务长啊，流氓！

小二德子　对！流氓！不对，那我也是流氓喽！大拴哥，你怎么绕着脖子骂我呢？大拴哥，你有骨头！不怕我这铁筋洋灰的胳臂！

王大拴　你就是把我打死，我不服你还是不服你，不是吗？

小二德子　喝，这么绕脖子的话，你怎么想出来的？大拴哥，你应当去教党义，你有文才！好啦，反正今天我不再打学生！

王大拴　干吗光是今天不打？永远不打才对！

小二德子　不是今天我另有差事吗？

王大拴　什么差事？

小二德子　今天打教员！

王大拴　干吗打教员？打学生就不对，还打教员？

小二德子　上边怎么交派，我怎么干！他们说，教员要罢课。罢课就是不老实，不老实就得揍！他们叫我上这儿等着，看见教员就揍！

邹福远　（嗅出危险）师弟，咱们走吧！

卫福喜　走！（同邹福远下）

小二德子　大拴哥，你拿着这块钱吧！

王大拴　打女学生的钱，我不要！

小二德子　（另拿一块）换换，这块是打男学生的，行了吧？（看王大拴还是摇头）这么办，你替我看着

点。我出去买点好吃的，请请你，活着还不为吃点喝点老三点吗？（收起现洋，下）

〔康顺子提着小包出来。王利发与周秀花跟着。

康顺子　王掌柜，你要是改了主意，不让我走，我还可以不走！

王利发　我……

周秀花　庞四奶奶也未必敢砸茶馆！

王利发　你怎么知道？三皇道是好惹的？

康顺子　我顶不放心的还是大力的事！只要一走漏了消息，大家全完！那比砸茶馆更厉害！

王大拴　大婶，走！我送您去！爸爸，我送送她老人家，可以吧？

王利发　嗯——

周秀花　大婶在这儿受了多少年的苦，帮了咱们多少忙，还不应当送送？

王利发　我并没说不叫他送！送！送！

王大拴　大婶，等等，我拿件衣服去！（下）

周秀花　爸，您怎么啦？

王利发　别再问我什么，我心里乱！一辈子没这么乱过！媳妇，你先陪大婶走，我叫老大追你们！大婶，外边不行啊，就还回来！

周秀花　老太太，这儿永远是您的家！

王利发　可谁知道也许……

康顺子　我也不会忘了你们！老掌柜，你硬硬朗朗的吧！(同周秀花下)

王利发　(送了两步，立住)硬硬朗朗的干什么呢？

〔谢勇仁和于厚斋进来。

谢勇仁　(看看墙上，先把茶钱放在桌上)老人家，沏一壶来。(坐)

王利发　(先收钱)好吧。

于厚斋　勇仁，这恐怕是咱们末一次坐茶馆了吧？

谢勇仁　以后我倒许常来。我决定改行，去蹬三轮儿！

于厚斋　蹬三轮一定比当小学教员强！

谢勇仁　我偏偏教体育，我饿，学生们饿，还要运动，不是笑话吗？

〔王小花跑进来。

王利发　小花，怎这么早就下了学呢？

王小花　老师们罢课啦！(看见于厚斋、谢勇仁)于老师，谢老师！你们都没上学去，不教我们啦？还教我们吧！见不着老师，同学们都哭啦！我们开了个会，商量好，以后一定都守规矩，不招老师们生气！

于厚斋　小花！老师们也不愿意耽误了你们的功课。可是，吃不上饭，怎么教书呢？我们家里也有孩子，为教别人的孩子，叫自己的孩子挨饿，不是不公道吗？

好孩子，别着急，喝完茶，我们开会去，也许能够想出点办法来！

谢勇仁　好好在家温书，别乱跑去，小花！

〔王大拴由后面出来，夹着个小包。

王小花　爸，这是我的两位老师！

王大拴　老师们，快走！他们埋伏下了打手！

王利发　谁？

王大拴　小二德子！他刚出去，就回来！

王利发　二位先生，茶钱退回（递钱），请吧！快！

王大拴　随我来！

〔小二德子上。

小二德子　街上有游行的，他妈的什么也买不着！大拴哥，你上哪儿？这俩是谁？

王大拴　喝茶的！（同于厚斋、谢勇仁往外走）

小二德子　站住！（三人还走）怎么？不听话？先揍了再说！

王利发　小二德子！

小二德子　（拳已出去）尝尝这个！

谢勇仁　（上面一个嘴巴，下面一脚）尝尝这个！

小二德子　哎哟！（倒下）

王小花　该！该！

谢勇仁　起来，再打！

小二德子　（起来，捂着脸）喝！喝！（往后退）喝！

王大拴　快走！（扯二人下）

小二德子　（迁怒）老掌柜，你等着吧，你放走了他们，待会儿我跟你算账！打不了他们，还打不了你这个糟老头子吗？（下）

王小花　爷爷，爷爷！小二德子追老师们去了吧？那可怎么好！

王利发　他不敢！这路人我见多了，都是软的欺，硬的怕！

王小花　他要是回来打您呢？

王利发　我？爷爷会说好话呀。

王小花　爸爸干什么去了？

王利发　出去一会儿，你甭管！上后边温书去吧，乖！

王小花　老师们可别吃了亏呀，我真不放心！（下）

〔丁宝跑进来。

丁　宝　老掌柜，老掌柜！告诉你点事！

王利发　说吧，姑娘！

丁　宝　小刘麻子呀，没安着好心，他要霸占这个茶馆！

王利发　怎么霸占？这个破茶馆还值得他们霸占？

丁　宝　待会儿他们就来，我没工夫细说，你打个主意吧！

王利发　姑娘，我谢谢你！

丁　宝　我好心好意来告诉你，你可不能卖了我呀！

王利发　姑娘，我还没老糊涂了！放心吧！

丁　宝　好！待会儿见！（下）

〔周秀花回来。

周秀花　爸，他们走啦。

王利发　好！

周秀花　小花的爸说，叫您放心，他送到了地方就回来。

王利发　回来不回来都随他的便吧！

周秀花　爸，您怎么啦？干吗这么不高兴？

王利发　没事！没事！看小花去吧。她不是想吃热汤面吗？要是还有点面的话，给她作一碗吧，孩子怪可怜的，什么也吃不着！

周秀花　一点白面也没有！我看看去，给她作点杂合面疙瘩汤吧！（下）

〔小唐铁嘴回来。

小唐铁嘴　王掌柜，说好了吗？

王利发　晚上，晚上一定给你回话！

小唐铁嘴　王掌柜，你说我爸爸白喝了一辈子的茶，我送你几句救命的话，算是替他还账吧。告诉你，三皇道现在比日本人在这儿的时候更厉害，砸你的茶馆比砸个沙锅还容易！你别太大意了！

王利发　我知道！你既买我的好，又好去对娘娘表表功！是吧？

〔小宋恩子和小吴祥子进来，都穿着新洋服。

小唐铁嘴　二位，今天可够忙的？

小宋恩子　忙得厉害！教员们大暴动！

王利发　二位，“罢课”改了名儿，叫“暴动”啦？

小唐铁嘴　怎么啦？

小吴祥子　他们还能反到天上去吗？到现在为止，已经抓了一百多，打了七十几个，叫他们反吧！

小宋恩子　太不知好歹！他们老老实实的，美国会送来大米、白面嘛！

小唐铁嘴　就是！二位，有大米、白面，可别忘了我！以后，给大家的坟地看风水，我一定尽义务！好！二位忙吧！（下）

小吴祥子　你刚才问，“罢课”改叫“暴动”啦？王掌柜！

王利发　岁数大了，不懂新事，问问！

小宋恩子　哼！你就跟他们是一路货！

王利发　我？您太高抬我啦！

小吴祥子　我们忙，没工夫跟你费话，说干脆的吧！

王利发　什么干脆的？

小宋恩子　教员们暴动，必有主使的人！

王利发　谁？

小吴祥子　昨天晚上谁上这儿来啦？

王利发　康大力！

小宋恩子　就是他！你把他交出来吧！

王利发　我要是知道他是那路人，还能够随便说出来吗？我跟你们的爸爸打交道多少年，还不懂这点道理？

小吴祥子 甭跟我们拍老腔，说真的吧！

王利发 交人，还是拿钱，对吧？

小宋恩子 你真是我爸爸教出来的！对啦，要是不交人，就把你的金条拿出来！别的铺子都随开随倒，你可混了这么多年，必定有点底！

〔小二德子匆匆跑来。

小二德子 快走！街上的人不够用啦！快走！

小吴祥子 你小子管干吗的？

小二德子 我没闲着，看，脸都肿啦！

小宋恩子 掌柜的，我们马上回来，你打主意吧！

王利发 不怕我跑了吗？

小吴祥子 老梆子，你真逗气儿！你跑到阴间去，我们也会把你抓回来！（打了王利发一掌，同小宋恩子、小二德子下）

王利发 （向后叫）小花！小花的妈！

周秀花 （同王小花跑出来）我都听见了！怎么办？

王利发 快走！追上康妈妈！快！

王小花 我拿书包去！（下）

周秀花 拿上两件衣裳，小花！爸，剩您一个人怎么办？

王利发 这是我的茶馆，我活在这儿，死在这儿！

〔王小花挎着书包，夹着点东西跑回来。

周秀花　爸爸！

王小花　爷爷！

王利发　都别难过，走！（从怀中掏出所有的钱和一张旧像片）媳妇，拿着这点钱！小花，拿着这个，老裕泰三十年前的像片，交给你爸爸！走吧！

〔小刘麻子同丁宝回来。

小刘麻子　小花，教员罢课，你住姥姥家去呀？

王小花　对啦！

王利发　（假意地）媳妇，早点回来！

周秀花　爸，我们住两天就回来！（同王小花下）

小刘麻子　王掌柜，好消息！沈处长批准了我的计划！

王利发　大喜，大喜！

小刘麻子　您也大喜，处长也批准修理这个茶馆！我一说，处长说好！他呀老把“好”说成“蒿”，特别有个洋味儿！

王利发　都是怎么一回事？

小刘麻子　从此你算省心了！这儿全属我管啦，你搬出去！我先跟你说好了，省得以后你麻烦我！

王利发　那不能！凑巧，我正想搬家呢。

丁　宝　小刘，老掌柜在这儿多少年啦，你就不照顾他一点吗？

小刘麻子　看吧！我办事永远厚道！王掌柜，我接处长去，叫他看看这个地方。你把这儿好好收拾一下！小丁宝，你把小心眼找来，迎接处长！带点香水，好好喷一气，这里臭烘烘的！走！（同丁宝下）

王利发　好！真好！太好！哈哈哈！

〔常四爷提着小筐进来，筐里有些纸钱和花生米。他虽年过七十，可是腰板还不太弯。

常四爷　什么事这么好哇，老朋友！

王利发　哎哟！常四爷！我正想找你这么一个人说说话儿呢！我沏一壶顶好的茶来，咱们喝喝！（去沏茶）

〔秦仲义进来。他老得不像样子了，衣服也破旧不堪。

秦仲义　王掌柜在吗？

常四爷　在！您是……

秦仲义　我姓秦。

常四爷　秦二爷！

王利发　谁？秦二爷？（端茶来）正想去告诉您一声，这儿要大改良！坐！坐！

常四爷　我这儿有点花生米，（抓）喝茶吃花生米，这可真是个乐子！

秦仲义　可是谁嚼得动呢？

王利发　看多么邪门，好容易有了花生米，可全嚼不动！多么可笑！怎样啊？秦二爷！（都坐下）

秦仲义　别人都不理我啦，我来跟你说说：我到天津去了一趟，看看我的工厂！

王利发　不是没收了吗？又物归原主啦？这可是喜事！

秦仲义　拆了！

常四爷
王利发　拆了？

秦仲义　拆了！我四十年的心血啊，拆了！别人不知道，王掌柜你知道：我从二十多岁起，就主张实业救国。到而今……抢去我的工厂，好，我的势力小，干不过他们！可倒好好地办哪，那是富国裕民的事业呀！结果，拆了，机器都当碎铜烂铁卖了！全世界，全世界找得到这样的政府找不到？我问你！

王利发　当初，我开的好好的公寓，您非盖仓库不可。看，仓库查封，货物全叫他们偷光！当初，我劝您别把财产都出手，您非都卖了开工厂不可！

常四爷　还记得吧？当初，我给那个卖小妞的小媳妇一碗面吃，您还说风凉话呢。

秦仲义　现在我明白了！王掌柜，求您一件事吧：（掏出一二机器小零件和一枝钢笔管来）工厂拆平了，这是我由那儿捡来的小东西。这枝笔上刻着我的名字呢，它知道，我用它签过多少张支票，写过多少计划书。我把它们交给你，没事的时候，你可以跟喝茶的人们当个笑话谈谈，你说呀：当初有那么一个不知好歹的秦某人，爱办实业。办了几十年，临完他只由工厂的土堆里捡回来这么点小东西！你应当劝告大家，有钱哪，就该吃喝嫖赌，胡作非为，可千万别干好事！告诉他们哪，秦某人七十多岁了才明白这点大道理！他是天生来的笨蛋！

王利发　您自己拿着这枝笔吧，我马上就搬家啦！

常四爷　搬到哪儿去？

王利发　哪儿不一样呢！秦二爷，常四爷，我跟你们不一样：二爷财大业大心胸大，树大可就招风啊！四爷你，一辈子不服软，敢作敢当，专打抱不平。我呢，作了一辈子顺民，见谁都请安、鞠躬、作揖。我只盼着呀，孩子们有出息，冻不着，饿不着，没灾没病！可是，日本人在这儿，二拴子逃跑啦，老婆想儿子想死啦！好容易，日本人走啦，该缓一口气了吧？谁知道，（惨笑）哈哈，哈哈，哈哈！

常四爷　我也不比你强啊！自食其力，凭良心干了一辈子啊，我一事无成！七十多了，只落得卖花生米！个人算什么呢，我盼哪，盼哪，只盼国家像个样儿，不受外国人欺侮。可是……哈哈！

秦仲义　日本人在这儿，说什么合作，把我的工厂就合作过去了。咱们的政府回来了，工厂也不知怎么又变成了逆产。仓库里（指后边）有多少货呀，全完！还有银号呢，人家硬给加官股，官股进来了，我出来了！哈哈！

王利发　改良，我老没忘了改良，总不肯落在人家后头。卖茶不行啊，开公寓。公寓没啦，添评书！评书也不叫座儿呀，好，不怕丢人，想添女招待！人总得活着吧？我变尽了方法，不过是为活下去！是呀，该贿赂的，我就递包袱。我可没作过缺德的事，伤天害理的事，为什么就不叫我活着呢？我得罪了谁？谁？皇上，娘娘那些狗男女都活得有滋有味的，单不许我吃窝窝头，谁出的主意？

常四爷　盼哪，盼哪，只盼谁都讲理，谁也不欺侮谁！可是，眼看着老朋友们一个个的不是饿死，就是叫人家杀了，我呀就是有眼泪也流不出来喽！松二爷，多么好的人，饿死啦，连棺材还是我给他化缘化来的！他还有我这么个朋友，给他化了一口四块板的棺材；我自己呢？我爱咱们的国呀，可是谁爱我呢？看，（从筐中拿出些纸钱）遇见出殡的，我就捡几张纸钱。没有寿衣，没有棺材，我只好给自己预备下点纸钱吧，哈哈，哈哈！

秦仲义　四爷，让咱们祭奠祭奠自己，把纸钱撒起来，算咱们三个老头子的吧！

王利发　对！四爷，照老年间出殡的规矩，喊喊！

常四爷　（立起，喊）四角儿的跟夫，本家赏钱一百二十吊！（撒起几张纸钱[①]）

秦仲义
王利发　一百二十吊！

秦仲义　（一手拉住一个）我没的说了，再见吧！（下）

王利发　再见！

常四爷　再喝你一碗！（一饮而尽）再见！（下）

王利发　再见！

〔丁宝与小心眼进来。

丁　宝　他们来啦，老大爷！（往屋中喷香水）

王利发　好，他们来，我躲开！（捡起纸钱，往后边走）

小心眼　老大爷，干吗撒纸钱呢？

王利发　谁知道！（下）

〔小刘麻子进来。

小刘麻子　来啦！一边一个站好！

〔丁宝、小心眼分左右在门内立好。

〔门外有汽车停住声，先进来两个宪兵。沈处长进

---

① 三四十年前，北京富人出殡，要用三十二人、四十八人或六十 四人抬棺材，也叫抬杠。另有四位杠夫拿着拨旗，在四角跟随。杠夫换班须注意拨旗，以便进退有序；一班也叫一拨儿。起杠时和路祭时，领杠者须喊“加 钱”——本家或姑奶奶赏给杠夫酒钱。加钱数目须夸大地喊出。在喊加钱时，有人撒起纸钱来。

来，穿军便服；高靴，带马刺；手执小鞭。后面跟着二宪兵。

沈处长　（检阅似的，看丁宝、小心眼，看完一个说一声）好（蒿）！

〔丁宝摆上一把椅子，请沈处长坐。

小刘麻子　报告处长，老裕泰开了六十多年，九城闻名，地点也好，借着这个老字号，作我们的一个据点，一定成功！我打算照旧卖茶，派（指）小丁宝和小心眼作招待。有我在这儿监视着三教九流，各色人等，一定能够得到大量的情报！

沈处长　好（蒿）！

〔丁宝由宪兵手里接过骆驼牌烟，上前献烟；小心眼接过打火机，点烟。

小刘麻子　后面原来是仓库，货物已由处长都处理了，现在空着。我打算修理一下，中间作小舞厅，两旁布置几间卧室，都带卫生设备。处长清闲的时候，可以来跳跳舞，玩玩牌，喝喝咖啡。天晚了，高兴住下，您就住下。这就算是处长个人的小俱乐部，由我管理，一定要比公馆里更洒脱一点，方便一点，热闹一点！

沈处长　好（蒿）！

丁　宝　处长，我可以请示一下吗？

沈处长　好（蒿）！

丁　宝　这儿的老掌柜怪可怜的。好不好给他作一身制服，叫他看看门，招呼贵宾们上下汽车？他在这儿几十年了，谁都认识他，简直可以算是老头儿商标！

沈处长　好（蒿）！传！

小刘麻子　是！（往后跑）王掌柜！老掌柜！我爸爸的老朋友，老大爷！（入。过一会儿又跑回来）报告处长，他也不是怎么上了吊，吊死啦！

沈处长　好（蒿）！好（蒿）！

（幕·全剧终）

附　录

此剧幕与幕之间须留较长时间，以便人物换装，故拟由一人（也算剧中人）唱几句快板，使休息时间不显着过长，同时也可以略略介绍剧情。

第一幕　幕　前

（我）大傻杨，打竹板儿，一来来到大茶馆儿。

大茶馆，老裕泰，生意兴隆真不赖。

茶座多，真热闹，也有老来也有少；

有的说，有的唱，穿章打扮一人一个样；

有提笼，有架鸟，蛐蛐蝈蝈也都养得好；

有的吃，有的喝，没有钱的只好白瞧着。

爱下棋，（您）来两盘儿，赌一卖（碟）干炸丸子外洒胡椒盐儿。

讲排场，讲规矩，咳嗽一声都像唱大戏。

有一样，听我说：莫谈国事您得老记着。

哼！国家事（可）不好了，黄龙旗子一天倒比一天威风小。

文武官，有一宝，见着洋人赶快跑。

外国货，堆成山，外带贩卖鸦片烟。

最苦是，乡村里，没吃没穿逼得卖儿女。

官人阔，百姓穷，朝中出了一个谭嗣同，

讲维新，主意高，还有那康有为和梁启超。

这件事，闹得凶，气得太后咬牙切齿直哼哼。

她要杀，她要砍，讲维新的都是要造反。

这些事，别多说，说着说着就许掉脑壳。

〔幕徐启。大傻杨入茶馆。

打竹板，迈大步，走进茶馆找主顾。

哪位爷，愿意听，《辕门斩子》来了穆桂英。

〔王利发来干涉。

王掌柜，大发财，金银元宝一齐来。

您有钱，我有嘴，数来宝的是穷鬼。（下）

第二幕　幕　前

打竹板，我又来，数来宝的还是没发财。

现而今，到民国，剪了小辫还是没有辙。

王掌柜，动脑筋，事事改良讲维新。

（低声）动脑筋，白费力，胳臂拧不过大腿去。

闹军阀，乱打仗，白脸的进去黑脸的上，

赵打钱，孙打李，赵钱孙李乱打一炮谁都不讲理。

为打仗，要枪炮，一堆一堆给洋人老爷送钞票。

为卖炮，为卖枪，帮助军阀你占黄河他占扬子江。

老百姓，遭了殃，大兵一到粮食牲口一扫光。

王掌柜，会改良，茶馆好像大学堂，

后边住，大学生，说话文明真好听。

就怕呀，兵野蛮，进来几个茶馆就玩完。

先别说，丧气话，给他道喜是个好办法。

他开张，我道喜，编点新词我也了不起。（下）

（又上）老裕泰，大改良，万事亨通一天准比一天强。

〔王利发　今天不打发，明天才开张哪。

明天好，明天妙，金银财宝齐来到。

〔炮响。

您开张，他开炮，明天准唱《虮蜡庙》。

〔王利发　去你的吧！

〔傻杨下。

第三幕　幕　前

树木老，叶儿稀，人老毛腰把头低。

甭说我，混不了，王掌柜的也过不好。

（他）钱也光，人也老，身上剩了一件破棉袄。

自从那，日本兵，八年占据老北京。

人人苦，没法提，不死也掉一层皮。

好八路，得人心，一阵一阵杀退日本军。

盼星星，盼月亮，盼到胜利大家有希望。

（哼）国民党，进北京，横行霸道一点不让日本兵。

王掌柜，委屈多，跟我一样半死半活着。

老茶馆，破又烂，想尽法子也没法办。

天可怜，地可怜，就是官老爷有洋钱。（下）

〔王掌柜吊死后，傻杨再上，见小丁宝正在落泪。

小姑娘，别这样，黑到头儿天会亮。

小姑娘，别发愁，西山的泉水向东流。

苦水去，甜水来，谁也不再作奴才。

编辑附记

“壹本”系列以“一本书了解一位名家”为宗旨，从当下读者爱读、想读和需要读的角度进行编选，打破文体的界限，精选现当代文学名家经典之作，版本精良。

本书精选著名作家老舍的散文、小说和戏剧代表作。为了方便读者阅读，同时兼顾原作风貌，在编辑过程中，适当修改了明显的排印错误和个别容易造成理解混乱的字词及标点符号。对于体现作家鲜明创作个性的字词和反映当时行文习惯的标点符号予以保留。

图书在版编目(CIP)数据

济南的冬天:老舍精读 / 老舍著. —杭州:浙江文艺出版社,2021.7(2022.5重印)
ISBN 978-7-5339-6426-9

Ⅰ.①济… Ⅱ.①老… Ⅲ.①中国文学—现代文学—作品综合集 Ⅳ.①I216.2

中国版本图书馆CIP数据核字(2021)第034188号

策划统筹 王晓乐
责任编辑 邓东山
责任校对 许红梅
责任印制 张丽敏
版式设计 吕翡翠
封面设计 介 桑
营销编辑 张恩惠

济南的冬天——老舍精读

老舍 著

出版发行 浙江文艺出版社
地　　址 杭州市体育场路347号
邮　　编 310006
电　　话 0571-85176953(总编办)
0571-85152727(市场部)
制　　版 杭州天一图文制作有限公司
印　　刷 浙江新华数码印务有限公司
开　　本 880毫米×1230毫米 1/32
字　　数 158千字
印　　张 8.25
插　　页 2
版　　次 2021年7月第1版
印　　次 2022年5月第3次印刷
书　　号 ISBN 978-7-5339-6426-9
定　　价 39.80元